JN311852

表御番医師診療禄２

縫合

上田秀人

角川文庫
18091

目次

主要登場人物

●矢切良衛《やきりりょうえい》
江戸城中での診療にあたる表御番医師。今大路家の弥須子と婚姻。息子の一弥を儲ける。

●弥須子《やすこ》
良衛の妻。幕府典薬頭である今大路家の娘。

●伊田美絵《いだみえ》
御家人伊田七蔵の妻。七蔵亡き後、良衛が独り身を気にかけている。

●奈須玄竹《なすげんちく》
寄合医師。妻・釉と、良衛の妻・弥須子は姉妹にあたり、良衛とは義理の兄弟。

●松平対馬守《まつだいらつしまのかみ》
大目付。良衛が患家として身体を診療している。

●堀田筑前守正俊《ほったちくぜんのかみまさとし》
五代将軍綱吉の大老。稲葉石見守に殿中で斬殺される。

●稲葉石見守正休《いなばいわみのかみまさやす》
堀田筑前守を斬りつけた若年寄。

第一章　噂の力

一

二百俵高、役料百俵と、御家人に毛が生えたほどの禄《ろく》ながら、幕府奥医師の権威は高い。僧位としては最高位にあたる法印の格を与えられ、治療に出向く際は、老中にさえ道を譲らせた。

奥医師は初代将軍徳川家康《とくがわいえやす》が招いた名医、久志本左京《くしもとさきよう》、板坂卜斎《いたさかぼくさい》、片山宗哲《かたやまそうてつ》らの医術を受け継いだ者、当代で名の知れた町医で幕臣となって任じられた者からなり、その職務は将軍、並びにその家族の治療をおこなった。

家康と秀忠《ひでただ》が末代まで召し抱えるとした世襲の奥医師の腕が代を重ねるごとに落ちていくのは、世間一般と同じである。

創業者の苦労を見ている二代目はその偉業を守ろうと努力するが、生まれたときから名門としてちやほやされた三代目あたりから、勉学に励まなくとも身分と禄が保証されていることに胡座《あぐら》をかき、医者として十分な技の修練を怠っていく。

では、新たに医術練達をもって招かれた医師たちが皆名医だったかというと、そうでなかった。たしかに評判になるだけ医術は達者であった。しかし、医者としての肚《はら》がなかった。

どうしても新規召し抱えは、先達たちに遠慮しなければならない。これは幕府というくくりのなか、身分が決められているため当然のことである。番方ならばなにも問題はない。しかし、医者がこれではよくなかった。先輩に遠慮していては、まともな治療などできようはずもない。なにせ、先輩が名前だけの未熟者ばかりなのだ。その未熟な先達に気を遣って、出しゃばらず、その言うとおりに動く。患者である将軍にとって、こんな迷惑なことはなかった。

その最たる被害者が先代将軍の家綱《いえつな》であった。

将軍は毎朝奥医師の診断を受けた。脈を測り、舌の色を観て、食事の量を記録し、排泄《はいせつ》物を検査する。異変があれば、当番の奥医師たちが診療科をこえて合議し、投薬や治療の方針を決定する。

家綱も毎朝、こうやって奥医師たちの診察を受けていた。

その四代将軍家綱が、延宝《えんぽう》八年（一六八〇）春に体調を崩した。微熱が続き、食欲を失い、倦怠感を訴えた。奥医師たちは、ちょうど春から夏への変わり目であったことから、病状を風寒と判断、強壮剤を投与するだけに留めた。

治療が正しかったかどうかは、ひとまずおいて、なによりたいせつな家綱への配慮を奥医師たちはしなかった。患者はまず安静にしていなければならないという大前提を守れなかった。

奥医師たちは、家綱の機嫌が優れないと知った執政たちが、そのご機嫌取りに出たのを止めなかった。

まず、発病直後の四月十日、大老酒井《さかい》雅楽頭《うたのかみ》忠清《ただきよ》が、二の丸で浄瑠璃《じょうるり》を催し、家綱の気持ちを盛りあげようとした。気分が悪くなった家綱が途中退場したにもかかわらず、日を続けて老中稲葉《いなば》美濃守《みののかみ》正則《まさのり》が、猿楽八曲、狂言六番、手品少々をおこなわせた。長時間にわたる観劇で家綱は疲れ果てたが、苦行はこれで終わらなかった。

四月二十七日、今度は老中大久保《おおくぼ》加賀守《かがのかみ》忠朝《ただとも》が操り狂言をやった。老中の招きとなれば、なかなか将軍といえども断りにくい。体調の悪化をおして、出席した家綱だったが、帰りにはまともに立つこともできないほど衰弱、半月も経たない五月八日、死去した。

家綱の直接の死因は病である。しかし、その病を後押ししたのは将軍を支えるべき大老、老中であった。

いや、毎日家綱の状況を把握していながら、どう考えても無理をさせる観劇会などへの出席を止められなかった奥医師が最悪であった。たとえ観劇をさせなかったとしても、家綱の死は止められなかったかもしれない。天命、寿命は人の力でどうにかなるものではないからだ。だが、少なくとも、安静にさせることで、家綱の延命ができたのはまちがいなかった。

患者の命を救うべき、医者が将軍の死を早めた。奥医師たちは、幕府の最高権力者といっていい大老や老中の愚行を止める義務があった。もちろん、そのようなまねをすれば大老や老中から睨《にら》まれ、奥医師の座を失うかもしれなかったが、患家のためにこそ医者はいる。その大前提を忘れて、執政衆の機嫌取りに走った奥医師たちは、医者ではなく、役人になりさがった。

幕府も大切な将軍の命を預かる医師を放置していたわけではない。家康が抱えた名医の一人久志本左京の子孫式部常治などは、療治の数少なく医業精励不十分として小普請組へ落とされただけでなく、これ以上修業を怠るならば厳しき扱いをすると釘《くぎ》を刺されている。のち久志本常治は御番医へ復帰させたが、幕府は医者の本質は技量にあると十分認識していた。

だが、残念なことに、家綱が身をもって示した奥医師のありようは変わらず、五代将軍綱吉《つなよし》の御世に受け継がれていた。

「お口をお開けいただけますように」

奥医師川上逸翁《かわかみいっさい》の指示に、綱吉は食事中でありながらも、大口を開けた。

将軍親政を旨とする綱吉の一日は多忙を極める。

明け六つ（夜明け）に起こされた後、大奥へ足を運んで仏間にて家康を始めとする先祖の霊に参り、さらに大奥女中たちの挨拶《あいさつ》を受けてから御座の間へと戻って、朝餉《あさげ》となる。

朝餉は年中同じ献立で、二汁三菜、野菜の煮物、鱚《きす》の焼きもの、刺身か酢のものと決まっていた。

その食事中に奥医師の診察は組みこまれていた。

「お脈を失礼いたしまする」

舌の確認をおこなった川上逸翁が、願った。

「…………」

だまって綱吉が左手を差し出した。

「ご免くださいませ」

紫の袱紗《ふくさ》を取り出した川上逸翁が、綱吉の左手首に巻き、その上から脈を取り始めた。

家綱のころは、貴人の身体に直接触れるのは、医師といえども畏《おそ》れ多《おお》いと、手首に絹の糸を巻き、その端をもって脈を測っていたが、意味なしとしてあらためられていた。

「……ご無礼をいたしました」

脈を取り終わった川上逸翁が、一間（約一・八メートル）ほど下がって平伏した。

「つつがなきこと、お慶び申しあげまする」

川上逸翁が、異常ないと報告した。

「うむ」

小さくうなずいて、綱吉が箸《はし》を持ったままの右手を小さく振った。

下がれとの意味である。

「はっ」

額を床に着けたまま、後ずさりに川上逸翁が御座《ござ》の間を出ていった。

「吉保《よしやす》」

食事を終えた綱吉が呼んだ。

「これに」

すばやく小姓柳沢《やなぎさわ》吉保が、返答をした。

「駄目だな」

綱吉が厳しい顔をした。

「代えまするか」

なにがとは訊《き》かずに、柳沢吉保が問うた。

「代えても無駄であろう。旧態依然のまま、顔だけ違う同じものが来るだけだ」

鼻先で綱吉が笑った。

「筑前守《ちくぜんのかみ》が死んだのも無理はない」

綱吉の目が厳しくなった。

筑前守とは、大老堀田《ほった》筑前守正俊《まさとし》のことであった。

堀田筑前守は、四代将軍家綱の老中であった。子供のいなかった家綱の後継者を誰にするかで、幕府が揺れたとき、ただ一人家綱の甥《おい》にあたる綱吉を推挙、その功績で大老となっていた。

大老となってからも、綱吉の腹心としてその意図をよく汲《く》み取り、執政代表として活躍していたが、つい先日の貞享《じょうきょう》元年（一六八四）八月二十八日、江戸城中で従弟《いとこ》の稲葉石見守正休《いわみのかみまさやす》から刃傷を受けた。

重い傷を負った堀田筑前守は、ただちに医師の手当てを受けたが、命ながらえることなく、当日に死去した。

「執政は馬鹿しかいないのか」

小さく綱吉が嘆息した。

「刀で斬られたならば、医者は外道であろう。それを堀田家と親しいからという理由だけで、奈須玄竹《なすげんちく》に手当てをさせた。穴の開いた盥《たらい》の底に、紙を貼って修繕するようなもの。もつはずなどない」

綱吉の口調が苦いものとなった。

小刀とはいえ、めったやたらに斬られた堀田筑前守は、血まみれで倒れていた。現場にいた者は、ただちに外道の医者を呼ぼうとしたが、それを大久保加賀守が制し、偶然式日登城で江戸城にいた奈須玄竹に堀田筑前守の治療を命じた。ところが奈須玄竹は本道の医師であり、外道の心得がなかった。結局、傷口に布を当てただけで、堀田筑前守はまともな治療さえされず、屋敷へと運ばれ、日が変わるのを待つことなく死んだ。

「どう思うか」

「…………」

問われた吉保が沈黙した。

「返事がないのは、答えたのと同じぞ」

不機嫌な顔で綱吉が述べた。

「申しわけもございませぬ」

叱られた吉保が頭を垂れた。

柳沢吉保は、ようやく綱吉に名前を覚えられたという段階であった。だが、将軍から名指しで呼ばれるようになるというのは、出世の入り口なのだ。もっとも入り口を入ってからのほうが大変であった。

名前を覚えられるというのは、失敗も知られることであった。名も知らぬ、興味もない相手ならば、実害が及ばない限り、失敗しても将軍は気にしない。対して、名前と顔を覚えた家臣の失策は忘れないのだ。

それだけではなかった。怒るほどのことでもない失敗でも、なまじ期待しているだけに腹立たしくなる。

権力者の目に留まる。これは諸刃の剣であった。

「躬《み》に気を遣うな。本音を言え。これは命である。そなたが本音を告げている限り、躬はそなたを潰《つぶ》さぬ」

「……畏れ多きお言葉でございまする」

深く吉保が平伏した。

吉保の経歴もかなり珍しかった。

柳沢家はもと甲斐《かい》武田《たけだ》家に仕えていた。信玄《しんげん》の代に最高潮となった武田家は、その死を契機に下り坂となり、勝頼《かつより》のとき織田《おだ》信長《のぶなが》によって滅ぼされた。主家を失った武田遺臣は、その多くが徳川家に身を寄せ、柳沢家も吉保の祖父が家康に拾われた。父安忠《やすただ》が三代将軍家光の息子綱吉に付けられたため、柳沢は直臣から館林《たてばやし》藩士と格を替えた。その安忠の長男として吉保は生まれた。

しかし、吉保は安忠が年老いてから妾《めかけ》に生ませた子供であったため、家督は継げなかった。すでに姉の婿信花《のぶはな》を跡継ぎとして届けてあったからだ。

名門柳沢の子息吉保は藩主の側へ人質代わりに差し出され、綱吉の小姓番として仕えることになった。

このままでいけば、吉保はわずかばかり家禄《かろく》を姉婿から分けてもらって分家となるか、どこかへ養子に出るかのどちらかになっていた。

その吉保に幸運が訪れた。主綱吉が、五代将軍となったのだ。分家から将軍になった綱吉について吉保は館林藩士から幕臣になった。

さらに吉保にとっての幸運は続いた。

大老堀田筑前守正俊が若年寄稲葉石見守正休に斬られるという大事件のおり、その報告に駆けこんできた老中大久保加賀守が小刀《こがたな》を手にしたままであったことに吉保が気付き、それを咎《とが》めたのだ。

大老が若年寄に襲われた。

幕府始まって以来の大事に、誰も彼もがうろたえていたとき、冷静な対応を見せた吉保に、綱吉が目を付けた。

分家から本家をついだことで、旗本たちから隔意をもたれていた綱吉にとって、信頼できる従来の家臣のなかから目端のきく者を見つけ出した意義は大きい。

「わかったならば、申せ」

「おそれながら、申しあげられませぬ」

「躬の話を聞いていてもか」

綱吉が顔色を変えた。

「お怒りはいかようなりとも。ただ、上様のお心をいただけたゆえに、言えぬのでございまする」

吉保が首を振った。

「どういうことだ」

「わたくしの覚悟でございまする」

「覚悟とな」

「はい。上様へお話をさせていただくためには、少なくともわたくしの命をかけられるだけの想いを載せなければなりませぬ。今回のご下問、それには些《いささ》か調べが足りませぬ」

罰を受けてもかまわないと吉保が述べた。

「躬に告げるときは、命をささげる覚悟ができたときか。そこまで肚《はら》を決めたならばよし。猶予をくれてやる」

機嫌を直して綱吉が言った。

「かたじけのうございまする」

吉保が礼を述べた。

「では、あらためて命じる。筑前守の一件、躬に真相を告げよ」

「承りましてございまする」

吉保が手を突いて受けた。

二

医者にとって患者の容体ほど気になるものはなかった。

「どうだ。少しはましになっているか」

腹ばいになった大目付松平対馬守《まつだいらつしまのかみ》が、診察をしている良衛《りょうえい》へ訊《き》いた。

「ここに出ていた骨が、かなり引っこんでおりまする。ずいぶんよろしいかと」

表御番医師矢切《やきり》良衛が、松平対馬守の左腰に手を置いた。

「うっ」

「少し痛みますが、治療のとき息を詰めてはいけませぬ」

「我慢するときは息を止めるものであろう」

良衛の指示に息を止めて耐えようとしていた松平対馬守が怪訝《けげん》そうな顔をした。

「息を詰めれば力が入りまする。力が入れば、身体の筋が硬くなってしまいまする。硬いと動きが悪くなるだけでなく、下手をすれば筋を傷めてしまいかねませぬ」

「では、どうしろと」

理由を聞かされた松平対馬守が問うた。

「ゆっくりと息を吐いていただきますよう。わたくしが腰を押している間、ずっと吐き続けていただかねばなりませぬゆえ、細く口を尖《とが》らせて少しずつ吐いてくださいませ」

「難しいの」

指示された松平対馬守が、四苦八苦した。

「蚕が糸を吐くように、口をすぼめてゆっくりと。心のなかで二十数えてようやく吐ききるていどの勢いがよろしいかと」

「ふむ」

具体的に教えられた松平対馬守がしてみせた。

「結構でございまする。では、参りまするぞ」

松平対馬守の呼吸に合わせて、良衛は腰を押さえながら、反対側の足を太ももから上へ持ちあげた。

「……き、きつい」

思わず松平対馬守が苦情を述べた。

「呼吸が乱れまする。お黙りを」

抗議を良衛は無視した。

「さあ、吐ききってくださいませ。少し痛みますが、身体に力を入れられぬよう」

「手柔らかに頼むぞ」

「しゃべってはいけませぬと申しあげたはず」

「…………」

叱られた松平対馬守が黙って息を吐いた。

「……ぬん」

少しひねりながら、良衛が松平対馬守の右足をぐっと押しあげた。

「いっ痛い。痛いではないか」

「終わりましてございまする」

恨み言を言う松平対馬守の身体から離れて、良衛が治療の終了を宣した。

「まったく、大目付に対する遠慮とか、年寄りへの労《いたわ》りとか、少しは手加減せい」

座りながら、松平対馬守が文句を付けた。

「治さなくてよいならば、気を遣いまするが、いかがいたしましょう」

「……治さぬ医者など意味がない」

良衛の正論に松平対馬守が折れた。

「では、しばらくご安静に」

一礼して良衛は、立ちあがった。

「待て」

松平対馬守の声が変わった。

「座れ」

「…………」

無言で良衛は従った。

「奈須玄竹と会ったそうだな」

「もうご存じで」

良衛は驚いた。

「城中の噂よ」

見ていたわけではないと松平対馬守が述べた。

「お坊主衆でございますか」

ほんの少し良衛は眉《まゆ》をひそめた。

「他に誰がいるというのだ。坊主以上に口さがない者が」

松平対馬守も頬をゆがめた。

坊主とは、お城坊主と呼ばれる江戸城中詰めの雑用係のことだ。もとは戦の前の生《い》け贄《にえ》として陣中に配されたとも言われている。今は江戸城内の案内、使者、大名や旗本などの雑用を任としていた。身分は低く、禄《ろく》も二十俵二人扶持から百俵十人扶持と少ない。そのためか、大名や高禄《こうろく》旗本から人扱いされず、いてもいないものとして放置された。お城坊主がいても気にしないで密談するのだ。それをお城坊主たちは利用した。耳にした話を、喜びそうなところへ持っていって金にする。こうやってお城坊主は禄に合わない贅沢《ぜいたく》な生活を送っている。

昨今では、江戸の町の噂も集め、それも商売としていた。

「見られた……」

良衛は嘆息した。

先日、良衛は稲葉石見守正休に斬りつけられた堀田筑前守の治療にあたった奈須玄竹を訪れていた。どのような状態で、どういった治療をしたのか訊きたかったからだ。

その理由は矜持《きょうじ》からであった。

矢切良衛はもともと百五十俵五人扶持の御家人である。御家人のかたわら戦場医とも呼ばれる金創医《きんそうい》を家業としていた。これは戦国の昔、医者不足からやむをえず先祖が身につけた技量を受け継いできたからであった。

「これからは南蛮の知識、和蘭陀流《オランダ》である」

良衛の父蒼衛《そうえい》はそう考え、息子に最新の知識に触れさせた。若かったこともあり、良衛は杉本忠恵《すぎもとちゆうけい》の教えを見事に吸収した。

良衛が和蘭陀流外科術の大家杉本忠恵の弟子となったことで、矢切家に転機が訪れた。

「愚のすべてを教えた。次は本道を学べ」

杉本忠恵は良衛を名医名古屋玄医《なごやげんい》へ紹介、京への遊学を奨めた。そこでも良衛はどん欲に学び、名古屋玄医からも認められるほどとなった。

しかし、京での修業は父蒼衛の病によって中断せざるを得ず、良衛は江戸へ戻って家を継いだ。

継いだと言っても、矢切家は小普請組であり、役目は与えられていなかった。これは矢切家が医業をなすことを黙認する代わりに、末代まで無役であるとの幕府の意思である。良衛は、父から受け継いだ患者を診るだけの毎日を送っていた。

その良衛に幕府典薬頭今大路兵部大輔親俊《いまおおじひょうべだゆうちかとし》が目を付けた。家康から招かれた天下一の名医、曲直瀬道三《まなせどうさん》を祖とする今大路家も岐路に立たされていた。

久志本家に科された医業精励不十分という罰が、今大路家へ与えられないという保証はない。しかし、典薬頭としての仕事は多く、なかなかに勉学をする暇はない。このままでは、帝まで診た曲直瀬道三の子孫という名前に傷が付く。そこで、今大路兵部大輔は、新たな血を迎え入れることで、医科の大元としての名を誇ろうとした。その白羽の矢を今大路兵部大輔は良衛に立てた。

今大路兵部大輔の娘を妻として押しつけ、一門としたうえで表御番医師へと異動させたのだ。一千二百石と百五十俵では身分違いも甚だしいが、医者は腕で評価されるものである。さすがに町民の出では、まずかったろうが、微禄《びろく》とはいえ矢切家も徳川の臣である。話題にはなったが、両家の婚姻は認められ、良衛は小普請組から表御番医師へと異動した。

そして外道医として良衛が江戸城へ詰めているとき、刃傷《にんじょう》が起こった。江戸城の表で出た患家は表御番医師が診る決まりであった。そう、本来ならば良衛が堀田筑前守の治療にあたったはずであった。それを名門というだけで、偶然登城していた奈須玄竹が呼ばれた。和蘭陀流外科術を修め、幕府医官一の腕と自負していた良衛の矜持は大きく傷ついた。それが良衛を刃傷事件に近づける要因となり、大目付松平対馬守の目に留まらせる原因ともなった。

「お目にかかりましたが……」

奈須玄竹は寄合医師であり、表御番医師よりも格上である。名医で鳴らした初代奈須玄竹の孫になる二代目奈須玄竹は、良衛よりも歳下であった。また、奇縁というか、奈須玄竹の妻は、良衛の妻の姉にあたり、二人は義理の兄弟になる。といったところで、奥医師の待機といわれる寄合医師と表御番医師では差がありすぎるため、普段の交流はまったくなかった。

「話は聞けたのであろう」

「はい。と言ったところで、先日堀田家へ招かれたときの話とほとんど同じでございましたが」

問われて良衛は答えた。堀田筑前守の刃傷を調べていると堀田家に知られた良衛は往診という形での接触を求められた。現れたのは堀田筑前守の嫡子ではなく、双子の弟正虎《まさとら》であった。そして正虎は、千両という金を往診料として出す代わりに味方せよと言ってきた。堀田家では当主の不慮の死亡による内紛が起こっていたのだ。良衛は与力を断ったが、その場で堀田筑前守の身体に残された傷の絵図などを見せてもらうことはできた。

「収穫だな」

「えっ」

満足げな松平対馬守に良衛は驚いた。

「新しいものはなにもなかったのでございますが」

「だから収穫だと言った。よいか、堀田家がそなたに開示したものが、偽りでないという保証はなかったのだ。それが、奈須玄竹によって裏打ちされた」

「あっ。なるほど」

良衛は目から鱗《うろこ》が落ちる思いであった。

「外道医としてそなたが見た堀田家の絵図。そこから導かれたものはなんだ」

「…………」

言われて良衛は、今一度脳裏に堀田正虎から見せられた堀田筑前守の遺体を写した絵図を思い出した。

「……さようでございますな。まず、堀田筑前守さまは、あの場で即死なさらなかった」

「それは急所への傷はないと」

「はい」

「当然だな。稲葉石見守が武芸に秀でていたという噂はきかぬ」

松平対馬守が言った。

最後の戦いといわれた天草《あまくさ》の乱から、すでに四十六年が過ぎた。天草の乱に従軍した生き残りはいないわけではないが、ほとんど隠居してしまっている。世は泰平に慣れ、武家もその出世が刀より筆、あるいは上司への追従となって久しい。生涯真剣を抜いたことさえないという武士が当たり前になっていた。なかでも大名で剣術の稽古《けいこ》に励む者など皆無に近かった。

「しかも殿中だ。持っているのは懐刀のみ。それでは一刀のもとに人は斬れぬ」

「……仰せのとおりで」

良衛も同意した。

「そして奈須玄竹がおこなった治療はどうであった」

「…………」

良衛は沈黙した。

「意味のないかばい立てをするな」

厳しく松平対馬守が叱った。

「奈須玄竹は本道医である。外道の技につうじておらずとも咎《とが》めの対象にはならぬ」

松平対馬守が付け加えた。

「……治療とは申せませぬ」

小さな声で良衛は告げた。

医師には他医の治療を批判してはならないという絶対の不文律があった。後医が前医の批判をすれば、患家が混乱するだけでなく、医療へ不信の念をもってしまうからであった。それともう一つ、その場にいない者には、そのときの状況がわかっていない。ときを巻き戻すことができないかぎり、永遠にわからないのだ。見てもいない病状に対し、的確な診断などできようはずもない。

もちろん、あきらかな誤診やまちがった治療を認めていいということではない。

「ただ布をあてがわれただけでございました」

たしかに止血の基本は圧迫にある。傷口の真上、あるいは心の臓に近いほうを圧迫し、血の流れを阻害することで出血を抑制する。医師でなくとも知っていることだった。

「そなただったらどうする。絵図からの判断でいい」

逃げ道を松平対馬守が塞《ふさ》いだ。

「江戸城内に留め置きました。移動させることで、患者の身体が揺れ、より出血が増えまする」

「ふむ。で傷口には」

「…………」

しばし良衛は悩んだ。

「治療はできませぬ」

「ほう」

松平対馬守の目が大きくなった。

「傷口が多すぎました。そしてなにより、右鎖骨付近の刺し傷が深すぎまする。どうやったところで、堀田筑前守さまをお救いすることはできますまい」

「和蘭陀流外科術免許皆伝のそなたでもか」

「華陀《かだ》や曲直瀬道三でも無理でございましょう」

良衛は首を振った。華陀は魏の時代の名医として名高い人物である。

「では、誰が診ても同じだったのか」

「……いいえ」

隠すことは無理と良衛はあきらめた。

「筑前守さまの死は避けられませぬが、延命はできたはずでございまする」

「延命か。どのくらいだ」

「わかりませぬ。こればかりは。人によって差が大きすぎまする」

良衛は答えられなかった。

「一刻《とき》（約二時間）くらいならどうだ」

「それくらいならば、大事ございませぬ。屋敷へ運ばれてからでも、それくらいはご存命であったと聞きまする」

「ならば上様のお見舞いを受けるには支障ないな」

「……どのていどのお見舞いを想定されておられまするか」

「そうだな。上様とかぎられた者だけで、話ができるかどうか」

「堀田筑前守さまの意識は明晰《めいせき》であらねばならぬと」

「うむ」

確認する良衛へ松平対馬守がうなずいた。

「一刻……」

良衛は思案した。

「できるのだな」

「……できないとは言いませぬが、してよいかどうか」

念を押された良衛は、口ごもった。

「なるほど。あまりやりたい手ではないと。命を縮めかねないのだな」

「…………」

黙ることで良衛は返答に代えた。

「わかった。ごくろうであったな。下がれ」

松平対馬守が手を振った。

「お大事になされますよう」

ようやく解放される。そそくさと良衛は大目付下部屋を後にした。

「うのみにするわけにはいかぬか」

一人残った松平対馬守が呟《つぶや》いた。

三

表御番医師は三交代であった。日勤、宿直《とのい》番、非番を繰り返す。日勤は朝五つ（午前八時ごろ）に登城し、夕七つ（午後四時ごろ）まで、宿直番は朝から翌日の朝まで一昼夜まるまる詰める。そして宿直の翌日一日が非番となり休みとなった。

「お疲れでございましょう」

老爺《ろうや》が大手門を出たところで待っていた。

「三造《さんぞう》か。ご苦労だな」

父の代から仕えてくれている老爺を、良衛はねぎらった。

「お荷物をこちらへ」

老爺が鋏箱《はさみばこ》の蓋《ふた》を開けた。

登城中の役人は、すべて自弁が原則であった。弁当も夜具も持ちこまなければならなかった。もちろん、夜具といっても自宅で使っているようなちゃんとしたものではなく、季節に応じた大きめの着物のようなものでしかないが、それでも弁当二回分と夜具を合わせると両手で抱えなければならないほどの量となった。

良衛は三造の言葉にしたがい、両手を空けることができた。

「往診はどうなさいまするか」

屋敷に向かいながら三造が訊《き》いた。

「一度仮眠をとってからにする。昨夜は宿直の小姓番に急病が出たおかげで、医師溜《いしだまり》がうるさく、ほとんど寝られなかったのだ」

あくびをかみ殺しながら、良衛は嘆息した。

宿直といっても不寝番《ねずのばん》ではない。用がなければ横になって仮眠をとることは許されていた。さすがに医師溜では誰もしないが、大番組や書院番組など、本丸外の警衛をする連中のなかには薬と称して寝酒を持ちこむ者もいた。

「では、そのようにいたしましょう」

三造がうなずいた。

矢切家の屋敷は神田駿河台《かんだするがだい》にあった。少禄《しょうろく》の旗本屋敷がひしめき合うなかで、唯一玄関式台を許されているのが、矢切家であった。

これは患家が駕籠《かご》で運ばれてくることを考慮したもので、ここにも医師は身分ではなく腕であるとの証拠があった。

「おかえりなさいませ」

出迎えた妻弥須子《やすこ》へ脇差《わきざし》を預けながら、良衛は予定を告げた。

「風呂《ふろ》に入ったあと湯漬けを食して、昼まで寝る。急患以外では起こさないように頼む」

「承知いたしました」

今大路兵部大輔の妾腹《しょうふく》の娘である弥須子は、衆に優れた容姿をしていた。ただ、妾腹という生まれのおかげで、肩身の狭い思いをしてきたためか、本妻の娘である姉への反発を根深く持っていた。しかし、恨みを姉にぶつけることはできない。そこで、弥須子は良衛を姉の夫奈須玄竹よりも早く奥医師にすることで、見返してやろうとし、口を開けば権門とのつきあいを大切にするようにと強要してきた。

風呂を終え、食事をして、一息ついた良衛は自室で横になった。

「旦那《だんな》さま」

「……なんだ」

寝入りばなを起こされて、良衛は不機嫌な顔をした。

「患家でございまする、すぐにお目覚めを」

弥須子が興奮していた。

「医者の家に患者が来るのはあたりまえだ。少し落ち着け」

「それが堀田さまでございまする」

「……なんだと」

聞かされて、良衛は眉《まゆ》をひそめた。

「先日の御用人さまが、またお願いしたいと駕籠でお迎えに」

「なぜだ」

良衛は首をかしげた。

一度堀田家に往診を求められて行ったがそれは偽りであった。堀田家が求めたのは、城中での実際の話であった。どうやって堀田筑前守が襲われ、どのような経過を経て屋敷で死んだのか。それを双子の弟で中屋敷に住まわされていた正虎は知らされていなかった。

双子というのを名家は嫌がる。人は一人の子を産むのが当たり前で、双子以上は動物と同じであるというのだ。和蘭陀流外科術を学んだ良衛は、それがただの迷信であり、双子が産まれるのは、さして珍しいことでもないと知っているが、大名や旗本は理解していない。双子が産まれると、弟あるいは妹を養子に出す、あるいは捨てるという風習をかたくなに守っていた。ひどい場合は、生まれた瞬間に産婆が一人を殺すこともある。それから見れば、堀田家は兄正仲《まさなか》、弟正虎の二人を上屋敷、中屋敷とところをかえさせてはいたが、どちらをも放逐することもなく、ともに堀田筑前守正俊の子供として扱っているだけまともであった。

だが、これは当主であり、父である筑前守正俊が生きていればこそ、成り立っていた。その正俊が死んだ。

そして悪いことに、まだ五十一歳で大老として活躍していた正俊は、どちらを世継ぎにするかの届け出を出していなかった。

無理もない話である。三代将軍家光擁立の功労者で大奥総取締役でもあった春日局《かすがのつぼね》の養子、そして五代将軍綱吉の功臣大老堀田筑前守の家督である。世継ぎを誰にするか、その影響は、一つ堀田家だけで終わらない。

正仲、正虎の妻の実家、親しくしている大名、そしてそれぞれに付けられた家臣たちにとって、どちらが堀田家の跡を継ぐかは大事であった。

堀田家の所領だけではない。将軍の寵臣《ちょうしん》という立場もなのだ。堀田筑前守は綱吉の信頼が厚い。当然、幕臣たちの興味も深い。

そんな堀田家の家督を早くから公表するのは、世間を騒がせることにもなり、あまりよくなかった。堀田筑前守は、ゆっくり時間をかけて、跡継ぎを教育し、幕府執政として恥ずかしくないようにしてから、誰に継がせるかを決めるつもりだった。

これが双子でなければよかった。幕府には長幼を重んじるという、家康の教えがある。家康は三代将軍を決めるとき、聡明《そうめい》な弟忠長《ただなが》ではなく、凡庸な兄家光を選んだ。

「泰平では、秩序こそ重んじるべし」

家康の故事は、幕府にとって金科玉条である。正仲、正虎の間に一年でも歳の差があれば、さしたる問題にはならず、堀田家の家督は決まったはずだった。

しかし、正仲と正虎は双子である。一応、先に産まれた正仲が兄とされたが、正虎にしてみれば、煙草一服吸い付けるほどの些細《ささい》な差でしかないのだ。当然、正虎に付けられた家臣にしてみれば、浮くか沈むかの瀬戸際である。少しでも有利になるよう動くのは当たり前であった。

「さあ、ご用意を。そのままの格好で堀田さまのご使者の前に出られるわけには参りませぬ」

まだ夜具の上に座っていた良衛を、弥須子が立たせた。

「どうしたと言われていた」

「そこまで伺っておりませぬ。ただ、往診を願いたいと」

「取り次ぐならば、患家の様子くらい訊いてくれ。病状によって用意するものが変わってくる」

良衛はあきれた。

「そのようなもの、すべて持って行かれればよろしいのでございまする。あの大老堀田さまでございますぞ。上様のお覚えめでたい堀田さまとのご縁」

堀田家との伝手《つて》を喜ぶ弥須子に、良衛は舌打ちしたい思いであった。

「期待するな。医者は患家に施術するだけ。患家からは薬料以外を求めてはならぬ」

袴《はかま》を身につけながら、良衛はたしなめた。

「患家さまからのご厚意ならば、断る理由はございますまい」

「…………」

言い返す弥須子に、良衛は黙るしかなかった。

医術は施すものである。つまり慈悲の技であるため、代価を求めてはいけないというのも決まりであった。

治療は無償なのだ。

それでは医師が食べていけないため、薬代を受け取る。薬は原価がかかっているため、無料では渡されない。そこに医師としての儲《もう》けをのせ、生活の糧とした。

しかし、それでも厳しい。なにせ、薬は押し売りできないのだ。薬代を払えない患者もいる。薬料をもらえなければ、生活だけでなく、新しい医学の勉強もできなくなる。そこで生まれてきたのが謝礼であった。裕福で余裕のある患家だけだが、節季ごとに志の金を届けてくれる。金がない家は、野菜や米などを少しずつでも持ってくる。これは患家の厚意であり、良衛も断ることなく受け取っていた。

「さあ、急いでくださいませ。あなたの奥医師就任が早くなるのでございまするぞ」

弥須子が急《せ》かした。

「……ならずともよい」

「いけませぬ。医者はすべからく奥医師になってこそ本望」

小さく言ったのを弥須子は聞き逃さなかった。

「父が、あなたにわたくしを嫁がせたのは、いずれ奥医師となって、今大路の名前をあげてくださると思えばこそ。父の期待に応えていただかねばなりませぬ」

「…………」

こうなった弥須子は何を言っても無駄である。

無言で良衛は玄関へと向かった。

「先日はどうもありがとうございました」

待っていた堀田家の用人横山《よこやま》が一礼した。

「お待たせをいたしました。宿直《とのい》明けで少し休んでおりましたので」

「お疲れのところ申しわけございませぬ。主がどうしても良衛先生でなければならぬと申しまして」

良衛の嫌みを横山は気にもしなかった。

「しかし、よろしいのか。貴家には奈須玄竹どのがおられるはず」

医者として他の医者の縄張りに食いこむのも遠慮すべきことであった。

とくに堀田家と奈須家とのかかわりは、他人が入りこめるほど浅いものではなかった。初代奈須玄竹は、堀田家にとって恩人であった。

堀田筑前守正俊の父加賀守正盛《かがのかみまさもり》は、三代将軍家光の男色の相手も務めたとの噂もあった寵臣であった。その正盛が重病になった。あわてた家光が当代一と名高かった初代奈須玄竹に堀田正盛の治療を命じた。そしてたった一度の治療と投薬で、堀田正盛は回復、職務へ復帰できた。

「まこと、天下の名医である」

堀田正盛は初代奈須玄竹へ、薬代として千両という大金を支払い、かかりつけの医師とした。

その後、堀田正盛は、家光の死に殉じた。跡を継いだ嫡男正信《まさのぶ》は殉死した一族は重用されるという慣例を期待していたが、いつまで経っても執政衆に選ばれないのを不満として、領地返上、無断帰国をおこない、改易された。これによって奈須玄竹とのかかわりは、正信の弟、筑前守正俊へと移っていた。

初代奈須玄竹が死んだ後も、堀田家と奈須家とのつきあいは続いている。それが、良衛を押しのけて、二代目奈須玄竹が呼ばれた理由でもあった。

「殿のお望みがなによりでございますれば」

家臣として当然の答えを横山が返した。

そう言われては、医者として断れない。

「では、参上つかまつろう」

良衛は手ぶらで駕籠《かご》へ乗った。

「薬箱は……」

見送りに出ていた三造が不思議そうな顔をした。

「手持ちの薬でどうにかなるとは思えぬ。調合は帰って来てからにしよう。それに外科の道具ならば、いつものように懐にある」

小さな布袋を良衛は懐から覗《のぞ》かせた。

切開のための尖刀、穿刺《せんし》のための針、縫うための針と糸などを良衛はいつも身につけていた。

「わかりましてございまする」

三造が納得した。

「出立」

横山の声で、駕籠が矢切家を出た。

駕籠は遅い。良衛ならば、歩いたほうが確実に早い。しかし、医師は往診のおり駕籠を使う習慣をもっていた。

これは、駕籠を使うことで権威付けをするためと、礼金とは別の金を取るためであった。治療は無料で薬料と礼金しかとれないのでは儲からないのだ。そこで、医師たちは薬料以外の費用として、駕籠賃を考えだした。

徒歩で行けば往診は無料になる。対して、駕籠に乗ればその代金は患家に押しつけられる。その駕籠賃を上乗せすることで儲けをだす。こうして、医者は駕籠に乗るようになった。

しかし、駕籠かきを抱えられるほどの医者はそうそう多くない。よほど流行《はや》らない限り、自前の駕籠を持つのは難しい。良衛もそうだ。近所の駕籠屋に話を付け、駕籠で行っても問題ないところへの往診のときだけ、手配してもらっていた。

「突かれれば終わりだな」

狭い駕籠のなかで良衛は嘆息した。

両方の扉を閉められた駕籠のなかは、御簾《みす》のわずかな隙間からしか外を見ることができない。さらに身体をひねるなどの動きも無理である。外にいる者が、殺意を持っていれば、抗いようはなかった。

「さすがに、今日どうこうするつもりはないだろうが、今後は駕籠の迎えを断らねばなるまい」

良衛は呟《つぶや》いた。良衛が大目付の松平対馬守と繋《つな》がっているとすでに知られている。大名にとって大目付は鬼門であった。昨今、目付にその立場を奪われ、名誉職となりつつある大目付であるが、大名への監察の権を失ったわけではなかった。

「疑義あり、登城せよ」

大目付に言われては、どの大名も拒めない。

とくに当主が江戸城で刃傷《にんじょう》にあったばかりの堀田家にとって、大目付の介入はなんとしてでも避けたいところである。なにせ、まだ亡くなった筑前守正俊の家督さえ、認められていないのだ。まして、双子の兄弟のなかで家督相続、お家騒動がおこりかけているところに、大目付の目につくようなまねはまずい。

「正仲さまへの牽制《けんせい》か」

そんなときに、わざわざ大目付と縁のある良衛を招く。その理由を良衛は考えた。同時に生まれた双子といえども、家督となれば兄が優位となった。このままいけば、堀田家の家督は長男正仲が継ぎ、次男正虎は数万石もらって別家すれば上等、下手をすれば数千石で家臣とされるか、最悪仏門へ追いこまれかねない。

しかし、正虎が大目付に近いとなれば、話は変わる。正式に幕府の決定が下りるまで、もっとも簡単な手段が執れなくなるのだ。

もっとも簡単な手段とは、正虎の死である。相手がいなくなれば、家督争いなどおこりようがなくなる。病死、事故死などいくらでも偽装できる。状況が状況だけに、幕府の検死は避けられないだろうが、あからさまな毒殺か斬り傷でもなければ、いくらでもごまかせる。だが、大目付とのかかわりがあるとなれば、話は変わる。家督相続を前にしての急死を見逃すほど、幕府は甘くない。

もちろん、正虎だけではなく、正仲も同じである。その差は、長男という身分に付いている家臣が多いだけであった。

「どうぞ、お出ましを」

駕籠が止まった。

「ご苦労でござった」

良衛は窮屈な駕籠を出て、背伸びをした。

「殿がお待ちでございまする。奥へ」

横山がそのまま先導して、良衛を案内した。

「よく来てくれた」

先日と同じ中屋敷の書院で、正虎が待っていた。

「どうなさいました」

歓迎する正虎へ、良衛は医者としての問いかけで応えた。

「気鬱《きうつ》がなかなかよくならぬ」

少し不機嫌になった正虎が言った。

「気鬱は専門外でありまする。本道の医師をお招きになり、甘草《かんぞう》に大棗《たいそう》などを合わせて処方していただくべきかと存じまする」

良衛は治療を断った。

甘草は気塞《きふさ》ぎの妙薬である。他にも毒消し、解毒の効能にもすぐれた漢方の中心ともなる薬草であった。

「前も言ったであろう。余の病は薬では治らぬと」

正虎が手を振った。

「…………」

「奈須玄竹と会ったというが、吾《われ》に効きそうな話はなかったか」

「やはりご存じでしたか」

松平対馬守から指摘されたときほどの衝撃を、良衛は覚えなかった。

「気を付けよ。我らだけでないぞ、そなたに目を向けておる者は」

「ご忠告ありがたく」

良衛は一礼した。先夜松平対馬守の屋敷から戻るところを襲われたばかりである。

良衛もそれは理解していた。

「吾《わ》が手から人を出して、守ってやってもよいぞ」

正虎が提案した。

「それは……」

大きく良衛は揺さぶられた。

一度撃退したとはいえ、刺客を排除できただけである。その後ろにいる者には、なんの影響も与えられていない。元を断たないかぎり、いつまた襲われるかわからなかった。そして、人は常時緊張し続けられない。油断はいつでも、誰にでもある。そんなとき、守ってくれる警固がいれば、話はかわる。

「禄《ろく》も出すぞ」

幕府の臣が他家の禄を受ける。逆はあった。対馬《つしま》の領主宗家の家老柳川《やながわ》である。柳川は宗家の家臣でありながら、朝鮮との交渉を担当する役目を幕府から命じられ、旗本としての禄を与えられていた。ややこしい状況であった。柳川は宗家の家臣でありながら、旗本として将軍の直臣でもある。つまり藩主と同格なのだ。宗家が柳川を罰したいと思っても、旗本に手出しはできない。家中騒動のもとであった。

当然、幕臣が藩士を兼ねるなどありえなかった。ただ、医者だけが別であった。表御番医師、奥医師のなかには、初代奈須玄竹のように大名家から禄米を受けている者がいた。

これは禄米ではなく、謝礼扱いとして黙認されており、別に良衛が堀田家から禄米を得たところで、問題はなかった。

「十人扶持でどうだ」

待遇を正虎が口にした。一人扶持は一日玄米五合を支給する。十人扶持だと一日五升、一年で約十八石となる。出仕しなくともよく、呼ばれたときだけ藩主やその一門を診察するだけでいい。医者にとって、かなりありがたい話であった。

「……お断りをいたしましょう」

良衛は誘惑を振り払った。

「なぜじゃ。悪い話ではなかろう」

「みょうな薬を調合させられては困りまする。医者は人を助けるもの。寿命を縮めるようなまねをしてはなりませぬ」

「…………」

言われた正虎が沈黙した。

「……奈須玄竹は大事ないか」

逆を考えたのか、一瞬良衛を睨《にら》みつけた正虎が問うた。

「吾が義兄でございまする。人を助けるために毒を用いることはあっても、死なせるために遣うことはありませぬ」

一度の邂逅《かいこう》であったが、良衛は奈須玄竹の性質を良と見た。

「頼みがある」

「お伺いはいたしましょう」

一応患者として往診しているのだ。要望を聞くくらいのことはよいと良衛が首肯した。

「余の薬を調合して欲しい」

「どこか持病でも」

どう診ても健康にしか見えない正虎に、良衛は首をかしげた。

「今はなにもない。しかし、いつどうなるかわからぬ」

「藩医どのもおられましょう」

どんな小藩でも一人や二人医師を抱えている。堀田家ともなれば、本道、外道、眼科など各科いて当然であった。

「そやつらが信用ならぬ。余を弟にしたのも、藩医ぞ」

「…………」

泣くような叫びに、良衛は黙るしかなかった。

大名家での出産は、町屋とは違った。産婆ではなく、産科の医師が担当するのが普通であった。もちろん、男が大名の正室、あるいは側室に直接触れるわけにはいかないため、その指示を受けた奥女中たちが出産の助けをすることになる。が、生まれた子供が双子の場合、どちらを兄とするか、あるいは姉とするかは医師の判断によった。

「承知いたしました。なにかあればお呼びいただきますよう」

患家の願いを断るわけにはいかない。良衛は認めた。

「すまぬな」

興奮を収めた正虎が、頭を下げずに感謝の言葉を告げた。

「父の末期はどうであった」

双子の弟として中屋敷へ隔離されていた正虎は、筑前守正俊の臨終に立ち会えなかった。

「奈須どのによりまするると、お屋敷に戻られてからは意識を取り戻されなかったとか」

「そうか」

一瞬で、正虎から殊勝な口調が消し飛んだ。

「これで正仲から、父の遺言だという押さえつけが来ても言い返せる。奈須玄竹の診立てに異論は出せまい」

「…………」

豹変《ひょうへん》した正虎に、良衛はあきれた。

「では、もうよろしいですかな」

良衛は帰りたいと願った。

「おお。また来てくれるようにな。横山」

「はい」

ずっと部屋の片隅で控えていた横山が、袱紗《ふくさ》包みを差し出した。

「お駕籠《かご》代でございまする」

袱紗包みを横山が開いた。堀田家で用意した駕籠を使わせておきながら、駕籠代もあったものではないが、これも形式であった。

「遠慮なく」

良衛は手を伸ばし、載せられていた小判三枚を手にした。

四

屋敷に戻った良衛は、金を三造に渡した。

「これで唐渡りの人参を買ってくれ」

「謝礼でございますか、さすがは堀田さま」

三両という大金に三造が感心した。

「駕籠代だそうだ。謝礼は別にくださるおつもりらしい」

「……駕籠代。駕籠が買えますすな」

三造が目を剝《む》いた。

「まあ、金に色はついていない。人参があれば、治療の幅も拡がる」

良衛は忸怩《じくじ》たるものを押しこんだ。

「では、早速井筒屋《いづつや》に申しましょう」

井筒屋とは唐渡りの薬を多く扱う薬種問屋である。もとは小さな店だったが、今の当主が遣り手で、権門への伝手《つて》を作り、いつの間にか江戸でも指折りの大店《おおだな》となっていた。

「任せる」

良衛は、奥へと入った。

「父上さま」

奥では一人息子の一弥《いちや》が、素読をしていた。

「学んでいるようだの。感心だ」

微笑みながら良衛が息子の前に座った。

「どれ、聞かせてくれ」

「はい。子宣《のたま》わく学びて……」

一弥が論語を読みあげた。

「見事である」

四歳で、一節もまちがわずに朗読した息子に、良衛は感心した。

「ありがとうございまする」

褒められた息子がうれしそうにはにかんだ。

「学問だけでなく、六歳になれば剣術もやらねばならぬぞ。矢切家は代々戦場医師であったのだ」

「はい」

一弥がうなずいた。

「医者の勉学も剣術も死ぬまで続けねばならぬ。焦らずともよい。そなたの思うようにいたせばよい」

「母上さまが、一日も無駄にできぬと」

良衛の言葉に、一弥が返した。

「……たしかに無駄はよくないな」

一瞬詰まった良衛だったが、父と母で違うことを教えるのは、子供の混乱を招くだけだと思い直した。

「だがな。根を詰めすぎてもよくない。人の脳にはな、限界がある」

良衛は頭を指さした。

「人によって幾ばくかの差はあるとはいえ、覚えられる量には限界がある。詰めこむだけでは、意味がない。その意するところを理解せねば、忘れるだけぞ」

「……はあ」

「まだわからずともよい。今日はもうよいから、遊んできなさい」

きょとんとする一弥へ、良衛は告げた。

「はい」

喜んで一弥が出ていった。

「旦那《だんな》さま」

すぐに弥須子が来た。

「一弥を甘やかされては困りまする」

膝《ひざ》が触れるほど近くに座った弥須子が文句を付けた。

「しかし、早過ぎよう」

良衛は抵抗した。

「古来から習い事は、六歳の六月からと決められている」

「いいえ。一日早ければ、一日の長となりまする」

弥須子が強く言った。

「それはたしかである。だが、人の脳は、毎日酷使しても、効果が出ぬ。緊張と弛緩《しかん》を繰り返してこそ伸びるのだ」

「わたくしが人の身体のことをよく知らぬからと、ごまかしておられるのではございますまいな」

疑うように弥須子が言った。

「馬鹿を言うな」

「男の方は、父も兄もつごうが悪くなれば、すぐに難しい言葉を使われてごまかそうとなされまする」

見上げるように弥須子が良衛を窺《うかが》った。

「嘘ではないぞ」

「ならばよろしゅうございまするが、一弥はあなたさまの子供でもございまする。その将来のことは真剣にお考えいただきませぬと」

弥須子が一歩引いた。

「わかっておる。吾《われ》とて子はかわいい」

「ならば結構でございまする」

満足そうに弥須子がうなずいた。

「あなたさまが奥医師となられたあとを、一弥は継がねばなりませぬ。典薬頭と違い奥医師は世襲ではございませぬ。しかし、奥医師の跡継ぎは寄合医師から務めるのが慣例」

奥医師は将軍と一族の侍医である。家柄もさることながら、腕がよくなければならなかった。だけに、他の役職や旗本のように、世襲が許されてはいなかった。

とはいえ、将軍の身体を診る奥医師の跡継ぎである。さすがに小普請医師からの出仕ではなく、奥医師の予備ともいえる寄合医師からとなる。寄合医師は常勤ではなく、式日あるいは召し出されたとき以外は、屋敷にいて医術の修業に励む。やがて、奥医師に欠員が出るか、医術卓越の評判を得ることで、奥医師へと転じていく。ただし、久志本常治のように、寄合医師でありながら、腕が悪ければ、小普請へ落とされることもある。

親が奥医師になったからといって、油断はできなかった。

「奥医師どころか、まだ寄合医師にさえなっていないぞ。なにせ、表御番医師になったばかりだ」

弥須子を嫁に迎えてから矢切家が小普請組を離れ、表御番医師となるのに二年かかっていた。御家人から医師という慣例のなさに、ときがかかったのだ。今大路家の権力も、前例のないことには効力が薄かった。

「いいえ。あなたさまの医術ならば、すぐに寄合医師となられましょう。奈須玄竹さまに外道の技術をお教えするくらい達者であられますするゆえ」

奈須玄竹の妻䌷《ゆう》は、弥須子にとって姉に当たるが天敵であった。正室腹を誇り、側室腹の弥須子をさげすんでいた。その䌷は最初奥医師の内田《うちだ》玄岱《げんたい》のもとへ嫁いでいたが、その狷介《けんかい》な質が嫌われたのか、家風に合わずとして離縁されたのち、二代目奈須玄竹のもとへ縁づいていた。

「教えるもなにもないわ。奈須どのは本道、吾は外道。立つ土俵が違う」

比べる意味がないと、良衛は首を振った。

「こたびのことでも、旦那さまがご大老堀田筑前守さまを診ていれば、お助けできたとの評判でございまする」

「……なんだと」

弥須子の言葉に、良衛は驚愕《きょうがく》した。

「その話どこから聞いた」

「な、なんでございまするの。怖い顔を……」

急変した良衛に、弥須子が退いた。

「誰から聞いたと問うている」

厳しい声で良衛が求めた。

「巷《ちまた》で噂だと、井筒屋が昨日……」

弥須子が告げた。

「井筒屋だな。少し出てくる。患家が来たならば、出直してくれるようにと」

良衛は立ちあがった。

井筒屋は日本橋《にほんばし》に店を抱えていた。

日本橋に五間（約九メートル）口の店を出す。江戸の商人ならば、誰もが夢見ることだ。それを井筒屋は一代で成し遂げた。

「これは矢切先生、ようこそのお見えで」

井筒屋五平《ごへい》は待たせることなく、良衛を客間に通した。

「ご用件はとお伺いするまでもございませぬな。そのお顔色では」

「わかっているなら、言え」

良衛はきつい口調で訊《き》いた。

「堀田筑前守さまをお助けできたのは、表御番医師矢切良衛だけだった。そう噂が流れておりまする」

「流した、のまちがいではないのか」

井筒屋は店を大きくするためには、なんでもやる男であった。実際、井筒屋に悪い噂を立てられて潰《つぶ》れた薬種問屋があったことを、良衛は知っていた。

「さすがに、そこまでのことはいたしませぬ。下手をすれば、店が潰れますので」

はっきりと井筒屋が首を振った。

「そのような噂がどれだけまずいか、わかっておるな」

「もちろんでございまする」

悪い噂同様よい噂というのは諸刃の剣であった。名医と言われれば患者は集まる。

代わりに周囲の嫉《そね》みも買う。町医者ならばまだしも、良衛は官医なのだ。官はおしなべて一列をよしとする。出る杭《くい》は打たれるとなりかねない。

「では、どこから聞いた」

良衛は詰問を続けた。

「わたくしに話を聞かせたのは、堺屋《さかいや》さんでございまする」

「堺屋……飯田橋《いいだばし》の」

「さようでございまする」

確認した良衛に井筒屋が首肯した。

堺屋も薬種問屋である。といったところで、井筒屋に比べて小店《こだな》である。取り扱っている薬も、唐渡りなどの高価なものではなく、江戸の近辺で採れた薬草をそのまま乾燥させたていどのものばかりである。その代わり値段も安く、堺屋を出入りとしている町医者は多かった。

「堺屋と親しいのか」

「いいえ。どちらかといえば、疎遠でございましょうな。いえ、昔は相応におつきあいをしておりましたが、わたくしがここへ店を構えてからは、ほとんど行き来がなくなっておりました」

井筒屋が首を振った。

「どこかで出会って、立ち話かなにかで」

「いいえ。わざわざ店までお見えになりまして」

「……みょうだな」

良衛は眉《まゆ》をひそめた。

「でございましょう。ですのでお報せいたしたような次第で」

「恩を売るつもりか」

得意げに言う井筒屋を良衛は睨《にら》んだ。

「とんでもございませぬ。矢切さまには、いつもお世話になっておりますので、少しでもお役に立てばと」

井筒屋が否定した。

「まあいい。どのような様子であった。堺屋は」

良衛はそれ以上の追及を止めた。

「はい。ここでお話をしたのでございまするが……いきなり神田駿河台の矢切さまへの出入りをされているかと訊いて参りましたので、そうだと答えますと、江戸一の名医と知り合いとはうらやましいなどと申しまして」

「江戸一の名医……ろくでもないな」

うさんくさいなと良衛は嫌な顔をした。

「それはばかりはたしかでございましょう。堺屋の思惑は仰せのとおりきなくさいですがね」

「持ちあげてもなにも出ぬぞ」

「お世辞じゃございませんよ。たしかに外道だけなら、杉本忠恵先生には及ばれますまい。本道ならば、奈須玄竹さまの後塵《こうじん》を拝されましょう。でも、その両方を合わせたとき、矢切さまは、天下の名医となられる」

「どちらつかずで中途半端だと言われたとしか思えぬぞ」

褒める井筒屋へ、良衛が言い返した。

「まあ、そうお応えになると思っておりました。自ら江戸一を名乗る者はたいしたことがなく、本物は称号を欲しない。そういうものでございまする」

井筒屋が一人納得していた。

「江戸一の話はもういい。堺屋の様子を」

先を良衛は促した。

「はい。わたくしがいきなりどうしたのだと問いましたら、堀田筑前守さまも矢切さまに診てもらっておられれば、助かったそうでございますなと言い出しまして。そこで、どこでその話をと尋ねましたところ、出入りしている寄合医師のお方が、そのように言われていたと話しまして」

「……寄合医師……どなただ」

名前を良衛はただした。

「そこまでは……」

「訊かなかったと」

良衛は疑いの眼差しで、井筒屋を見た。

「本当でございまする。有り様は、質問いたしましたが、教えてくれなかっただけでございますが」

確かめる良衛へ、井筒屋が告げた。

「終わりか」

「それだけ言うとさっさと帰っていきました。商売の話など指先ほどもなしに」

「怪しいな」

「はい」

良衛の呟《つぶや》きに、井筒屋が同意した。

「見過ごしてはおるまい」

「まったく。わたくしをどのようにお思いなのか、伺わせていただきたいですな」

じろりと良衛ににらまれた井筒屋が苦笑した。

「調べたのだろう。放置しておくお主ではなかろう」

「……はい。堺屋さんの出入り先を調べました」

声を井筒屋が潜めた。

「誰だ」

「お一人だけでございました」

「さっさと名前を言え」

焦《じ》らす井筒屋を良衛は急《せ》かした。

「寄合医師、武田《たけだ》市斎《いちさい》さまでございまする」

「武田どの……」

良衛はすぐに思いあたった。

寄合医師は名門の子息あるいは、表御番医師から認められてさらなる医術研鑽《けんさん》を命じられた者である。武田市斎は、良衛の先任の外道医であり、良衛が表御番医師になるとき、押し出されるようにして寄合医師となった。他に何人もの外道医がいながら、武田が選ばれた。たしかに医術の腕はあるだろうが、最先任である佐川逸斎《さがわいっさい》を押しのけてと言うには、相当な引きがなければ無理であった。

「…………」

その意味を理解できないほど良衛は愚かではなかった。

「噂はいつからあった」

「堺屋さんの話によりますと、刃傷の三日後だそうで」

「そうか」

良衛は嘆息した。

「言わずともおわかりのようでございまするが、武田さまは老中大久保加賀守さまのお抱え医師でもございまする」

井筒屋が付け加えた。

「……なぜ」

堀田筑前守の治療を良衛ではなく、奈須玄竹へ任せたのは大久保加賀守であった。その大久保加賀守が、良衛をもちあげるようなまねをする。

「矢切さま、あまり動かれぬほうがよろしゅうございまする」

良衛が堀田筑前守の死を調べていると井筒屋は知っていた。

「長いものには巻かれる。それが長生きの秘訣《ひけつ》でございますよ」

「わかっている」

井筒屋の忠告に、良衛はそう返すしかなかった。

第二章　積年の希

一

幕府は同業者が集まって扱う商品の金額や流通量を調整する「座」を禁じていた。楽市楽座を政策としたのである。

座の消滅は、物流を活発にし、価格の競争を生む。商業の発展には欠かせなかった。その一方で、誰でも商売を始められるため、弊害もおこっていた。

始められるというのは、同時に止められることでもある。金が余ったから、儲《もう》かりそうだからと参入するだけして、市場を荒らしたのち撤退されては、同業者も客も大いに迷惑をこうむる。

その最たる例が薬種問屋であった。国産の草木はまだいいが、唐渡りの影響が無視できない規模となっていた。唐渡りはその名のとおり、清《しん》国あるいは朝鮮、和蘭陀から輸入されたものだ。海をこえ、何ヵ月もの日にちをかけて届くのだ。そのうえ遭難する危険もある。当然船主は、少しでも高く商品を売りたがる。

対して買うほうは少しでも安く仕入れたい。この繰り返しで、適正な価格が生まれた。多少、商品の数、輸送の問題などで上下はあっても、急に倍額となったり、半値に落ちたりはしない。代々商売を続けてきた商人たちは、このあたりの機微を飲みこみ、商いを安定させる。

しかし、急に参入してきた連中は、築きあげてきた商習慣を一顧だにしなかった。相場をはるかにこえる金額で、商品を買い占めてしまう。値段を調節することで、何人もの商人たちにものが行き渡っていたのが崩れるのだ。

商売人同士が話し合い、価格をあるていど決める。たしかに、よいことではない。ただし、南蛮渡りなどの薬では、悪いとは言い切れないのだ。輸入金額に上限があれば、江戸や大坂《おおさか》の大商人でなくとも、手が出る。それは同時に、医者へも影響する。田舎であっても貴重薬の手配ができるからである。薬の有無は患家の命に直結する。ゆえに金額の安定は必須《ひっす》であった。それを金儲けだけを考えて入りこんでくる新規の商人が破壊した。金に飽かせて商品を独占し、価格を思うがままにつり上げる。この薬がなければ命にかかわるという人々にとっては、死活の問題となった。

「このままではよろしくありませぬ」

薬種問屋が集まって、町奉行へと陳情した。

戦がなくなったことで商業が活発になり、武家よりも町人に金は動きつつある。とくに天下の城下町である江戸は、いまだに膨張を続けている。それを支えているのは、町方の金であった。

町方のことといっさいを扱う町奉行としても、無視できる状況ではなくなりつつあった。

町奉行は、寺社奉行、勘定奉行と並んで、幕政へ参与する権を持つ。町奉行は商人たちの願いを執政衆へとあげた。

「座の復活はまかりならぬ」

老中は最初拒否した。

「幕府の政を商人ごときの願いで変えられるか」

政を決定し、おこなうのは幕府である。その決めたことを簡単に変えてしまうのは、たしかに問題であった。

「ではございまするが、このままでは商いに影響が出るだけではなく、病人が増えまする」

市井にくわしくないと町奉行は務まらない。町奉行が再考を求めた。

「町人が何人病で倒れようとも、どうということはあるまい」

「城下で病が流行れば、いつ皆さまがたに飛び火せぬとはかぎりませぬ。病はうつりまする」

「むっ」

町奉行の言葉に、老中たちも黙るしかなかった。

「座の復活はできぬ。だが、代わるなにかを新たに作るのはかまうまい。座のように商人たちの作るものではなく、幕府が与える形にすればよい。誰を入れて誰を入れぬか。何人まで認めるか。幕府が主導すれば、いつでも潰《つぶ》せよう。勘定奉行と協力し、座に代わるものを考えよ」

こうして薬種問屋の願いが動き出した。

町奉行を動かすほど、薬種問屋の力は大きかった。薬種問屋の反発を買うということは、医者も敵に回すと同義であった。

町奉行はまだよかった。旗本が任じられる役目であり、いずれ異動していく。しかし、奉行所に務める町方与力同心は世襲なのだ。逃げていく場所がなかった。

医者はやっかいなのだ。どこにでもいる町医者が、大名や旗本の侍医であるなど珍しくはないし、下手をすれば命の恩人あつかいされているときもある。そんな医者の機嫌をそこねるようなまねをすれば、痛い目に遭いかねない。そして薬種問屋は、その医者と繋《つな》がっている。

薬種問屋と医者は一蓮托生《いちれんたくしょう》。薬種問屋が知っていることは、江戸中の医者の耳に入る。

良衛の噂は、すでに江戸中へと拡がっていた。

「おるだろうな」

非番の朝、良衛は義父今大路兵部大輔の訪問を受けた。

「これは兵部大輔さま」

妻の実父とはいえ、身分は諸大夫《しょだいぶ》であり、無位無冠の良衛との差は大きい。さらに典薬頭として、江戸の医者を統轄しているのだ。良衛の対応が堅いものとなるのも無理はなかった。

「お呼びくだされば、参上つかまつりましたものを」

良衛は、下座で畏《かしこ》まった。

「用件はわかっておろうな」

「……はい」

娘を嫁にし、婿舅《むこしゅうと》の仲になったとはいえ、会ったのはわずか数回でしかない。その義父が不意にやってくる。思いあたるのは一つだけであった。

「そなたが言い出したのではなかろうな。だとしたならば、大きな問題であるぞ」

「とんでもございませぬ」

叱りつけるような今大路兵部大輔へ、良衛は首を振った。

奈須玄竹の腕を批判した。これだけでも医者として褒められた行為ではなかった。

「まことだな。違えばご老中さまのお顔に泥を塗ることになるぞ」

今大路兵部大輔が念を押した。

老中とは、大久保加賀守忠朝のことだ。大久保加賀守が堀田筑前守の治療に表御番医師で当番外道医であった良衛ではなく、たまたま式日登城していた奈須玄竹を呼んだ。もし、噂が真実であり、良衛に任せていれば堀田筑前守が助かったとなれば、判断のまちがいを咎《とが》められることもありえる。

なにせ、綱吉は堀田筑前守によって五代将軍となれた。いわば、恩人である。そして、大老として政を委任していた寵臣《ちょうしん》でもあったのだ。大久保加賀守の余計な一言が原因で堀田筑前守が死んだと聞けば、綱吉はかならず動く。

噂は、大久保加賀守にとって刃《やいば》同然であった。

「堀田筑前守さまのお命は、わたくしでは、いえ、杉本忠恵先生でもお繋ぎすることはかないませぬ」

「奈須玄竹に訊《き》いたか」

「はい。先日お招きをいただいたときに」

確認に良衛は首肯した。

「それを利用されたか……」

苦い顔を今大路兵部大輔が見せた。

「利用でございまするか」

意味がわからないと良衛は首をかしげた。

「我が今大路家の隆盛を留めようとする連中がおる」

今大路兵部大輔が告げた。

「………」

良衛は啞然《あぜん》とした。

「そなたは身分軽き表御番医師であるが、吾《わ》が婿には違いない。その縁で表御番医師となった」

「感謝しておりまする」

今大路の引きがなければ、良衛は表御番医師になっていない。たしかに和蘭陀流外科術を学び、杉本忠恵門下の俊英と言われていたが、良衛は若すぎた。

百人医よりも万人医、医者は千人の患者を殺して一人前。ともに世上でされている表現であり、患者をどれだけ診たかで医者の値打ちが決まると言っている。ある意味正解であったが、まちがいでもあった。

国中の医学書を読み、すべてを暗記したが、患者の治療をしたことはないという医者と、文字は読めないが、師に付いて患者の治療をいくつも見学した医者。どちらが、実際役に立つか。患者の立場になれば、後者を選ぶ者が多いはずであった。ただ、知識のない経験は、大きなまちがいを起こしやすい。医者には経験だけでなく、知識も要る。知識なき医術は、まじないの範疇《はんちゅう》を出ない。

しかし、幕府の医者選びも経験を重視していた。大前提として、評判の名医であるというのは必須《ひっす》である。その次に経験を要求した。

今まで世襲の医家出身でなく、表御番医師に登用された者は、そのほとんどが不惑をこえた熟練者ばかりであった。まだ三十歳にならずして、表御番医師となった良衛は特例としかいえない。その裏にあったのが、今大路家の力であった。

つまり、良衛の登用の影響は今大路家にも及ぶのだ。良衛が手柄を立てれば、今大路家の名もあがり、名医としての面目が保たれる。逆に、失策をおかせば、良衛が責任を取らされるのはもちろんながら、合わせて今大路家にも咎はいく。

「そなたは大事ないと見たゆえ、我が一門としたのだが……」

一層難しい表情を今大路兵部大輔が浮かべた。

「あのようなことがあるとは、思わなかったわ」

今大路兵部大輔が嘆息した。

殿中で大老が若年寄に斬られる。誰も予想などできなくて当然であった。

「医師としての矜持《きょうじ》はわからぬではないが、そなたの手出しもよくない」

「申しわけございませぬ」

すなおに良衛は詫《わ》びた。ただ外科を修めた者として、誇りを失うわけにはいかなかった。己の腕に自信をなくせば、外科はできなくなる。こうするのがもっとも患者のためになると思えばこそ、刃を振るえるのだ。絶対の自信がなければ、外科などやれない。命の代わりにと、患者の腕や足を切ることだってあるのだ。こうしなければならないと、医者が保証すればこそ、患者は納得し、我慢してくれる。ためらいながら、あるいは自信なく切られては、患者としてはたまったものではなかった。

良衛が引けなかった理由は、医者である今大路兵部大輔にも理解できた。

「殿中という場をわきまえてくれれば……」

「以後気を付けまする」

そう言うしか良衛にはなかった。

「表御番医師を辞めまする」

「ならぬ」

辞意を即座に今大路兵部大輔が却下した。

「それは相手の勝利である」

「相手と仰せられまするが、どなたのことでございましょう」

良衛は問うた。

「半井《なからい》、野間《のま》、片山、久志本、あげればまだまだいるぞ」

「皆さま、家康さまおとりたての医師名門」

聞いた良衛は驚愕《きょうがく》した。

半井は正親町《おおぎまち》天皇から朝廷門外不出の医書「医心方《いしんぼう》」を賜った名門医家である。今大路家よりも格は高く、やはり幕府典薬頭を務めていた。野間、片山、久志本も、先祖が家康から招きを受けた名医で、今も幕府医家として奥医師、あるいは寄合医師の格を受け継いでいる。

「半井は、今大路を蹴落《けお》とすことで、唯一の典薬頭となり、薬園を一手に支配したいのだ」

幕府は薬草園を南北に二つ設けていた。このうち南薬草園といわれる麻布《あざぶ》薬園を今大路家が、北薬草園と呼ばれている大塚薬園を半井家が管理していた。

「他の家は言わずともわかろう。儂《わし》を典薬頭の座から引きずり降ろして、己がその席につきたいのだ」

「……ううむう」

良衛はうなるしかなかった。

「城のなかに入るのは、こういうことぞ」

「医師が競うのは、技術とはいきませぬか」

平安の昔から医者は法外の官とされてきた。つまり規則に囚われることのない官人であった。これは医療は寸刻を争うからである。なにせ、身分だ、格式だ、手順だなどといっていては命にかかわる。それは江戸城でも変わらなかった。奥医師でさえ家《か》禄《ろく》は二百俵ていどと、旗本といえないほど少ない。身分も将軍の身体を預る奥医師がかろうじて上になるとはいえ、寄合医師、表御番医師などは馬医よりも下なのだ。幕府が戦をするための組織とはいえ、あまりに低い。どう考えても政に影響を与えられるものとは言えなかった。

「わかっておろうが」

「はい」

良衛も表御番医師になって三年をこえた。医術だけで城中を渡り歩けると思うほど青くもなくなった。

今大路家は一千二百石、六位に補され、幕府の医療すべてを握る典薬頭である。江戸中の医者と薬種問屋の上に君臨しているのだ。医師として将軍の身体を診ることはないが、その影響力は大きい。薬種問屋から贈られる付け届けだけで、蔵が建つほどなのだ。他にも、医者からの挨拶《あいさつ》の品もある。

別に医者を始めるのに、幕府の許可は要らなかった。昨日まで大工だった、商人だった、浪人だった者が、頭を丸めさえすれば、今日から医者と名乗っても咎《とが》められはしなかった。とはいっても、そんな藪ともいえない危ない医者のもとへ、患者が来るはずもない。ではどうするか。典薬頭のお墨付きを買うのだ。

今大路は名医曲直瀬道三の正統な継承者である。金を払って今大路家の弟子となり、その許しを得て開業したとの体を取ればいい。

いわずもがなだが、誰でも弟子にして、免許を与えるほど今大路家も甘くはない。だが、医術を教える私塾を開いているのは確かであり、多くの弟子もいる。大きな収入源であることはまちがいなかった。

もちろん、これらも典薬頭だからこそであった。なにか失策があり、典薬頭の地位を外され、ただの旗本になってしまえば、すべて失うのだ。いや、下手をして医術を取りあげられれば、先祖から続いてきた名誉も誇りも奪われてしまう。

「どういたせば」

対応の仕方が良衛にはわからなかった。

「それを教えに来たのだ」

ようやく今大路兵部大輔が用件に移った。

「幸い、そなたと奈須玄竹は義理の兄弟である」

「はい」

「一門ならば、親しく行き来してもおかしくはあるまい」

「さようでございますが……」

今大路兵部大輔の言いたいことが、良衛には推測できなかった。

「今回、初めてそなたが玄竹を訪ねた。それが、あの刃傷の直後であったため、目立ったのだ。ならば、行き来が当たり前であれば他人目《ひとめ》を引くまい」

「たしかに。では、今後も奈須どのと親しくつきあえと」

「それだけではいかぬ」

足りないと今大路兵部大輔が続けた。

「わかるな」

「……わたくしの外道医としての名声が、奈須玄竹どのを上回っている。それを変えねばならぬと」

今大路兵部大輔が目を付けたのだ。良衛の和蘭陀流外科術の腕は、知られている。対して奈須玄竹は、名医初代奈須玄竹の評判が高すぎるせいもあるのだが、腕についての評判が薄かった。

「そうだ」

強く今大路兵部大輔が首肯した。

「玄竹がそなたより若いのもよくなかった」

奈須玄竹は良衛よりも歳下であった。医術もそうだが、技術が幅を利かすところでは、若いというだけで侮られる。

「そこでだ、そなた玄竹へ弟子入りせい」

「……はあ」

思わず良衛は間の抜けた声をあげた。

「聞こえなかったのか。そなた玄竹の弟子になれ」

もう一度今大路兵部大輔が告げた。

「奈須は本道で知れた家柄だ。弟子入りを望む者は多い」

「それは存じておりまするが、わたくしは本道名古屋玄医の弟子でございまする」

すでに師を持つ身分で、他の門下に入るのはよくないどころの騒ぎではなかった。破門されても文句は言えない。いや、破門されてもいいと思わなければ、そのようなまねはできなかった。

「知っておる。なれどこれがもっとも丸く収める方法だ。先日の訪問も本道の知識を教えてもらいに行ったとすれば、そなたより玄竹が格上にできる。さすれば、玄竹より、そなたが腕達者との噂も否定でき、大久保加賀守さまが先日だした指示も正しかったとなる」

今大路兵部大輔が説明した。

「こればかりは聞けませぬ」

実証こそ医の根本、効果のない治療など意味がない。古来からのやりかたをすべて疑い、的確な療法を残していく名古屋玄医の姿勢を良衛は尊敬していた。懇切ていねいに教えてもらった恩もある。良衛は拒んだ。

「儂の命令だぞ」

「どなたの命でも同じでございまする」

「表御番医師を辞めることになってもか」

「もともと矢切家は御家人でござる」

地位を失うことを良衛は怖れていなかった。

「もう御家人としての籍はない。表御番医師を放逐されれば、浪人になるとわかっているのか」

「食べていくくらいはどうにかなりましょう」

良衛は揺るがなかった。

「医者をできなくすることもできるのだぞ」

今大路兵部大輔が最後の脅しをかけた。今大路に逆らえば、江戸で良衛に薬を売ってくれる店はなくなる。薬のない医者に患者が来るはずもなかった。

「江戸だけが天下ではございませぬ」

「……むう」

今度は今大路兵部大輔が詰まった。

「京へ行くつもりだな」

「…………」

返答の要を良衛は認めなかった。

良衛に本道を教えた名古屋玄医は京の医師である。いかに幕府典薬頭とはいえ、名の知れた公家たちを患家に持つ名古屋玄医へ圧力をかけるなどできなかった。なにせ、今大路兵部大輔の官位である兵部大輔も、法印という格も朝廷が出すのだ。取りあげることもできる。

武家の官位は令外扱いであった。朝議にはかかわりなく、年に何度か幕府がとりまとめて朝廷に要請し、認可される。ようするに飾りであった。当たり前である。毛利家代々の名乗りである大膳大夫《だいぜんだいぶ》は、天皇の食事を担当する役所の長官にあたる。だからといって毛利家の当主が食事の仕度をすることなどない。なにより大名も旗本も公家の何倍もいるため、同じ役名を名乗る者も多い。石を投げれば越前守《えちぜんのかみ》にあたるといわれているほどであった。しかし、朝廷が拒めば任官できなくなるし、取りあげることもできる。幕府と朝廷の力関係からいって、まずあり得ない話だが、できないわけではなかった。

「妻と子供をどうする」

今大路兵部大輔が情に訴えてきた。

「弥須子はお返ししましょう。一弥は連れて行きまする。京には、知り合いも多い。子供の面倒を見てくれる者を探すのはさして難事ではございませぬ」

あっさりと離縁を良衛は口にした。

「きさま……」

顔色を変えて、今大路兵部大輔が憤った。

「無理を言われたのは、そちらでござる。わたくしが折れなければならない理由はございませぬ」

「矢切の家を潰《つぶ》すことになるのだぞ」

「父より、家督を譲った限り、どうしようともわたくしの思うままにしてよいと言われておりますれば」

良衛は動じなかった。

「…………」

今大路兵部大輔が良衛を睨《にら》みつけた。

「…………」

目をそらすことなく良衛も見返した。

「……強情な」

憎々しげに今大路兵部大輔が言った。

「弟子入りではなく、教えを請う。これならばどうだ」

今大路兵部大輔が折れた。

「教えを請う。それならばよろしゅうございまする」

良衛は承諾した。

医術は門外不出の技であった。このような症状で、あそこを触れば痛みが出る。ならば、病名はなになにで、薬はなにを出すかという診断法から、どの薬草とどの薬石をどのような配分で混ぜるかという製薬法も秘伝なのだ。世間に広めてしまうと、己の患者が減ってしまう。代々受け継いできたか、本人が必死の努力の末に編み出したかの差はあっても、そうそう他人に教えてくれはしない。ではどうするかといえば、弟子入りするのだ。師と弟子の関係は、主従に近い。師の言葉は絶対であり、きかなければ破門された。破門されると、何々流という看板は使えなくなるし、学んだ治療法なども封印しなければならなくなる。無視して使い続ければ、打ち壊しなどの制裁を受けた。

その点からいけば、訊《き》く者にすべてを証す、杉本忠恵や名古屋玄医が特異であった。

「医術向上のため、教えを請う」

これは弟子入りせずに秘術を学ぶ唯一の方法である。当然、相手側には教えないという選択肢はあり、受け入れても肝心なところを報せないこともできる。

「代わりにそなたが外道を教えればいい」

医術も生活の糧でしかない。教えるについて対価を求められるのも当然であった。

「ただし、そなたが奈須屋敷へ通え。あちらは寄合医師だ。表御番医師よりも格上だからな」

「承知いたしました」

これ以上今大路兵部大輔と争うのはよくないと、良衛は同意した。

「手間をかけさせるな」

今大路兵部大輔が、不機嫌な顔のまま帰っていった。

「噂の出所を言えなかったな」

良衛は、保身に汲々《きゅうきゅう》としている今大路兵部大輔に噂が大久保加賀守から出ていると告げられなかった。知ればそれこそ、無理矢理離縁させられたうえ、表御番医師から放逐する。それくらいの力は典薬頭にはある。表御番医師という身分に未練はないが、さすがに江戸を出ていくのは嫌であった。江戸を離れる。それは今まで診てきた患者を捨てることになる。医師としてそれだけはできなかった。

「出てくる」

鬱々《うつうつ》とした気分を変えるため、良衛は往診用の薬箱を手に屋敷を出た。

二

神田駿河台は小旗本の屋敷がひしめき合っていた。二百石から五百石くらいの旗本の数は多く、内証も豊かではない。そのため、出入りの商人というものを持つ余裕などなく、行商人を呼びこむか、使用人を使いに出して町屋で購《あがな》うかになる。となれば、そこに小商いが生まれ、商人たちが集まってくる。

ほんの少し歩いただけで、武家町は商人町に変わった。

ひときわ大きな米問屋近江屋《おうみや》の角を折れた良衛は、こぢんまりとした棟割り長屋へと入った。

「おられるかの」

長屋の木戸から三軒目、穴がていねいに継ぎ接《は》ぎされた戸障子の前に良衛は立った。

「……どなたさまで」

「矢切でござる」

誰何の声に、良衛は名乗った。

「先生。今、開けまする」

すぐになかから美しい女が顔を出した。

「近くまで参ったゆえな、その後の様子を聞かせていただこうかと」

良衛は嘘を吐いた。

「お忙しいところ、ありがとう存じまする。どうぞ、散らかっておりまするが、お入りを」

「おじゃまする」

女の一人暮らしの家へ、男が入りこむ。頭を剃《そ》り、薬箱を持っているので、一目で医者だとわかるが、他人の興味を引かないわけではなかった。

美絵《みえ》が好奇の目に晒《さら》されてはいかぬと、戸障子を開け放ったままで、良衛は長屋のあがり框《かまち》に腰を下ろした。

「先日、咳《せき》をしておられたが、今はいかがかな」

良衛は尋ねた。

「夕刻になると少し」

白湯《さゆ》を出しながら、美絵が答えた。

美絵は御家人伊田七蔵《いだしちぞう》の後家であった。伊田七蔵は若くして労咳《ろうがい》を患い、長く寝付いたあと亡くなった。その妻であった美絵は、一族から押しつけられた亡夫の弟との再婚を嫌い、労咳が伝染ったと偽り、婚家を出た。死病とされた労咳にかかった振りであったが、実家も美絵の出戻りを許さず、こうして市井に身を置き、裁縫仕事で世すぎをしていた。

「届けものとか、買いものに出かけられた日ほど、強くござらぬか」

「……そういえば、根を詰めた日は、少し多いような気もいたしまする」

「熱は」

「気にしたことなどありませぬ」

続けての問いに、美絵が首を振った。

「ふむ。ご免」

白湯の入った茶碗《ちゃわん》を置いたあと、近くに座った美絵の左手を良衛は握った。

「脈をとらせていただく」

「……はい」

手を握られた美絵が、恥じらいながらうつむいた。

健康な人の脈拍は、おおむね呼吸十回につき、六十ほどである。

「少し速いか」

良衛は呟《つぶや》いた。

「熱はなさそうだ」

手を握るのは、脈拍を測るのと同時に、体温の感知も兼ねていた。

「……さしてどうということはなさそうでござる。しかし、夕刻に咳が出るのは、褒められたことではござらぬ。できるだけ疲れぬようになされ。食事はちゃんと摂っておられるか」

手を握ったままで良衛が質問した。

「はい、朝晩しっかりといただいておりまする」

美絵が顔をあげた。

「どのようなものを、どのていど」

「あの……手を」

「……気づかぬことを」

答える前に、美絵が左手を小さく振った。

あわてて良衛は手を離した。

「いいえ」

ふたたび頬を染めながら、美絵が述べた。

「今朝はご飯と根深のおみおつけ、それと菜の煮物でございました。今夜も同じでございまする」

「なるほど。魚などはとられておらぬようだが」

「十日ほどまえに、干鰯《ほしか》をいただきました」

美絵が告げた。

江戸のなかでも海に近い神田だが魚は高く、庶民にはなかなか手の届くものではなかった。

「毎日とは言いませぬが、三日に一度は魚あるいは兎、鳥などを召しあがるようになされ。卵でもよろしゅうござる」

「三日に一度でございまするか……」

情けなさそうに、美絵が顔を伏せた。

仕立ての手間賃は少ない。きっちり仕事さえあれば、女一人生きていくことはできるが、長屋の店賃を払えば、残るのは風呂《ふろ》代と米代くらいになる。魚や鳥、まして卵などを買うだけの金などどう考えても出なかった。

「……十日に一度、干した鰯《いわし》を二匹ほど買うのがせいぜいでございまする」

「身体を壊せば、仕立て仕事どころではなくなりまするが……いたしかたございませぬ」

良衛は嘆息した。

微禄《びろく》とはいえ、美絵は御家人の娘であり、妻であった。他人から施しを受けるなど、矜持《きょうじ》が許さない。良衛はそれ以上言わなかった。

「それより、先生、反物はお持ちでございませぬので」

美絵が話を変えた。

「忘れておりました。近々持って参りましょう」

「はい。お願いをいたしまする」

微笑みながら美絵が頭を下げた。

美絵の夫の診療に伴う礼金を伊田家は払っていなかった。その代わりに、美絵が良衛の小袖《こそで》を一枚仕立てるという約束ができていた。が、刃傷《にんじょう》の一件もあり、良衛はすっかり失念していた。

「では、これで。お疲れなさらぬように」

暗くなる前に、良衛は長屋を辞した。


美絵との会話で少しいらだちの治まった良衛だが、まだ屋敷に戻る気にはならなかった。

今大路兵部大輔の押しつけがまだ心に刺さっていた。

「浅草寺《せんそうじ》さまへお参りでもするか」

良衛は神田を通りこして、まだ進んだ。

金龍山《きんりゅうざん》浅草寺は、名刹《めいさつ》である。偶然漁師の網にかかった金剛仏を秘仏として祀《まつ》り、武家庶民の区別なく厚い崇敬を集めていた。

また、江戸唯一の公認遊郭吉原《よしわら》への途上にあたり、一日人通りは絶えなかった。

といっても、浅草寺の門は暮れ六つ（日暮れ）で閉まり、武家の夜遊びは厳禁であるため、日が落ちると人影はまばらになった。

「おい。田宮《たみや》」

良衛と向き合う形で歩いてきた吉原帰りの武家の一人が連れへ話しかけた。

「なんだ」

「あやつ、あの医者ではないか」

「あの医者……」

言われた田宮が、前を見た。

「……たしかに出石《いずし》どのの仰せられた人相どおりだが。医者などみな坊主頭であろう」

似た顔くらい、いくらでもある。

「そうだが、このまま見過ごしもできまい。五輪《いつわ》も榊原《さかきばら》も倒されたのだ」

「では、後を付けるか。水川《みずかわ》」

「ああ。かかわりなければ、それでよかろう。少し経ってからいくぞ。近づきすぎては気取られる」

二人が顔を見合わせた。

「いつの間にか、こんな刻限になっていたか」

良衛は落日に輝く浅草寺の五重塔に気づいた。

「急がねば」

早足で良衛は浅草寺へ手を合わせた。

「戻るとするか」

お参りをすませた良衛は、嘆息した。すでにあたりは薄暗くなっていた。

「途中で日が暮れる。提灯《ちょうちん》を持ってくるべきであったな」

月明かりはあるとはいえ、江戸の夜は暗い。

「あれは……武蔵屋《むさしや》どのか。店は閉めているが、さすがにまだ起きていよう」

右手に見慣れた店があることに良衛は気づいた。

「ごめん」

「どなたさまで」

大戸を叩《たた》いた良衛へ、応答があった。

「神田駿河台の矢切でござる」

「……これは先生。先だっては、家内がお世話になりまして、ありがとうございました。おかげさまで、落ち着いております。ところで、どうなさいました」

大戸が開いた。

「うっかり灯りを持って来るのを忘れての。提灯を貸してもらいたいのだが」

「よろしゅうございまする。今、用意をいたしますので、どうぞ、なかで」

武蔵屋が良衛を招き入れた。

「まちがいないな」

「ああ」

離れたところで聞き耳を立てていた田宮と水川がうなずき合った。

「出石どのに報《しら》せるか」

「いや」

田宮の提案を水川が拒んだ。

「気づいておろうが」

水川が田宮の顔を見た。

「…………」

田宮が沈黙した。

「二度の任で、生きて戻ってきたのは、二度とも出石どのだけ。藩きっての遣い手が七人も死んでいるのにだぞ」

「……水川。それ以上言うな。組頭に聞こえれば、ただではすまんぞ」

苦い声で田宮がたしなめた。

「盾代わりに使われるのは、同じではないか」

「………」

田宮はなにも言えなかった。

「主家のために死ぬのは厭《いと》わぬ。だが、一人組頭の手柄のために使い潰《つぶ》されるのはごめんだ」

水川が述べた。

「なあ、田宮。どうせ命をかけるならば、己の出世のためではいかんのか」

黙っている田宮を置いて、水川が続けた。

「我ら控え組は、腕で選ばれる。お血筋を正統に戻すために、ただひたすら怨敵《おんてき》を討つためだけにある。他の藩士たちのように、勘定方で出世していく、殿の側近として政にかかわることなどなく、ただひたすら人を斬る技だけを磨く。目的を達したときの褒賞を夢に、厳しい鍛錬に耐える」

「……それが決まりであろう」

ようやく田宮が口にした。

「その夢の邪魔をする医者が目の前にいる。あれを除けば、一歩目的に近づく」

水川が顔を武蔵屋へと向けた。

「ともに出世をしよう、田宮」

「……しかし、組頭の許しなく動くのは……」

「戦陣での先駆けは武家の誇りぞ。我らが藩祖、秀康《ひでやす》さまも先駆け、抜け駆けを得意とされていたではないか」

家康の次男秀康は、豊臣秀吉《とよとみひでよし》の養子として人質に出された。だが、その乱暴さに秀吉さえも扱いかね、名族とはいえ衰退していた結城《ゆうき》家へ押しつけられた。当然、戦場でも軍令などに従うはずもなく、抜け駆け、先駆けが常であった。

「…………」

「手柄をたててしまえば、罰せられることはない。田宮、貴公、嫁に欲しい女がいるのであろう」

「……ああ」

田宮が首肯した。

「お控え組は命を惜しんではならぬゆえ、係累を禁じられている。子をなすのはもちろん、嫁を迎えることもできぬ。後ろ髪を引かれるからな。だが、手柄を立てて、我らの覚悟を示せば、ご家老さまも嫁取りを許してくださるかも知れぬ」

「ううむう」

水川の話に田宮がうなった。

「馬崎《うまさき》の次女であったか。たしか直《なお》どのと言ったな。中屋敷一の美形と評判だ。目を付けている男は多いぞ。噂では出石どのも狙っているらしい」

「……なんだと」

「ゆえに生きて帰ってきているのだろう。配下を盾にしてでもな」

「おのれ……」

眉間《みけん》にしわを寄せた田宮が吐き捨てた。

「やる気になったか」

「ああ」

田宮が首肯した。

「出てきたぞ。準備だ」

水川がうながした。

「すまぬな。白湯《さゆ》まで馳走《ちそう》になった」

「いえいえ。浅草寺へお参りの節は、いつでもお立ち寄りくださいませ」

武蔵屋の愛想に送られて、良衛が歩き出した。

「いや、我ら同様吉原帰りの者に見られるやも知れぬ。先回りしよう。どうせ、あの医者坊主は神田駿河台へ向かうとわかっているのだ」

気負う田宮を、水川が諫《いさ》めた。

「ならば、新堀川《にいぼりがわ》と東本願寺《ひがしほんがんじ》の角あたりはどうだ」

「よかろう。あの辺りは寺ばかりだ。日が暮れれば人気はなくなる。それに新堀川と寺の壁で挟まれ逃げ道もない」

田宮の提案に水川が同意した。

浅草寺からさほど離れていない東本願寺は、浄土真宗の江戸別院である。もとは神田筋違い御門付近にあったが、度重なる火災で移転を繰り返し、明暦《めいれき》の大火を経て、今は浅草にあった。

先回りした二人の刺客は、その南西の角で良衛を待ち受けた。

「来た」

辻角《つじかど》から顔を出していた田宮が反応した。

闇夜に提灯は目立つ。良衛の位置がはっきりと浮かんでいた。

「提灯の柄は一尺半（約四十五センチメートル）ほどだ。その後ろに手がある。狙うは、提灯より四尺（約百二十センチメートル）後ろ」

「あらためて言わずともわかっている」

太刀を抜きながら水川が舌打ちした。

「逸《はや》りすぎだ。落ち着け」

宥《なだ》めながら、田宮も太刀を手にした。

「……うん」

提灯の灯りを頼りに歩いていた良衛は、目の隅にちらと光るものを見た気がした。

「流れ星か。それにしては低いような」

もう一度確認した良衛は、東本願寺と新堀川側の角、その左端から反射している光があるのに気づいた。

細く鈍い光を放つものが、角から五寸（約十五センチメートル）ほど顔を出していた。

「切っ先」

良衛は光の正体を見抜いた。

「待ち伏せている」

すばやく良衛は、左手で帯びている脇差《わきざし》の鯉口を切った。

「愚かな。夜襲するならば、太刀をぎりぎりまで抜いてはならぬというに。教わらなかったのだろうな」

良衛はあきれた。

矢切家は、徳川の足軽の出である。徳川家が天下を取ったお陰で、百八十俵の御家人でございと大きな顔をできているが、戦場ではお仕着せの槍《やり》と胴丸を与えられて走り回る足軽であった。乱世での戦いでは、夜襲もある。夜襲の成否は、いかに相手に気取られず、近づけるかにかかっていた。

馬には轡《くつわ》を噛《か》ませ、鎧《よろい》の隙間には襤褸《ぼろ》を詰め、音を殺す。それより重要なのが、槍であった。抜き身の穂先は、月明かりを受けただけで光る。夜の光は遠くても目立つ。夜襲のときは、槍の穂先に布を巻くのは常識であった。

「これも泰平の証と思うべきか」

呟《つぶや》いた良衛は足の運びを変えず、左側の壁へと寄った。右手に持った提灯をより身体から離して、位置取りを変えたことを気取らせないように仕組むのも忘れない。

左角に潜む者にとって、右を歩く者は襲いやすい。逆に左壁に沿われると、奇襲しにくくなる。

「あと五間（約九メートル）」

小声で田宮が間合いをはかった。

「…………」

無言で水川がうなずいた。

「気づかれておらぬ。いけるぞ」

提灯を見つめていた田宮が、勝利を確信した。

足取りも変えていない良衛の提灯が、辻から出た。

「四尺後ろ、もらった」

田宮が飛び出して、斬りつけた。

「えっ」

その手応えのなさに、田宮が呆然《ぼうぜん》とした。

「借りものに傷は勘弁してもらおうか」

さっと提灯を左手に持ち替えた良衛が、脇差を抜き撃った。

「しまっ……」

渾身《こんしん》の力で斬りつけた田宮は、前のめりとなり、体勢を大きく崩していた。

「はっ」

良衛は大きく踏み出して、そのまま脇差で突いた。

「……はくっ」

右脇腹を貫かれた田宮が、息を吐くような声を出して崩れた。

「肝の臓を潰《つぶ》した。助からぬぞ」

提灯の灯を吹き消しながら、良衛は告げた。

「あああ……」

致命傷と聞かされた田宮が、衝心で気を失った。

「こやつ、よくも」

田宮に塞《ふさ》がれた形で、出てこられなかった水川が、大回りして来た。

「夜討ちをするような卑怯《ひきょう》者に、罵《ののし》られなければならぬとはな」

良衛が文句を言いながら、脇差を下段に構えた。

「……死ね」

威圧するように、水川が大きく太刀を振りかぶった。

「やああ」

気合いをあげながら水川が、太刀を振った。

「…………」

無言で良衛は半歩退いた。

よく見える昼でも、真剣での戦いは恐怖で萎縮《いしゅく》し、太刀行きが伸びない。ましてや、間合いのはかりにくい夜である。水川の太刀は、良衛に届くことなく空を斬った。

「くうう」

落ちていく太刀を、水川が無理矢理止めた。

「ほう」

良衛は感嘆した。

太刀は鉄の塊であるため、かなり重い。それに勢いを付けたのだ。普通ならば、そのまま地面に切っ先をぶつけるか、もっと悪ければ己の足を切るかする。それを水川は膂力《りょりょく》で止めて見せた。

「……思ったよりも遣うか」

苦い顔を良衛はした。

表御番医師となってから、良衛はよほどでないかぎり、脇差だけしか帯びていなかった。

脇差は、太刀に比べると刃渡りが短いだけでなく、身幅も薄い。撃ち合えば脇差が負ける。まして、膂力に優れた者が相手となれば、受け止めただけで折られかねなかった。

「おうりゃあ」

止めた太刀を水川が薙《な》いだ。

「ふん」

薙ぎは、軌道が読みやすい。良衛はもう一歩下がって避《さ》けた。

「逃がさぬ」

動きを読んでいた水川が、太刀を脇構えにして間合いを狭めてきた。

「おうよ」

今度は下がれなかった。塀際に位置取りをしていたのが災いし、良衛の背は壁にほとんど接していた。

「そこまでのようだな」

良衛の動きが止まったのを見て、水川が笑った。

「……………」

下段の脇差をそのままに、良衛は腰を落とした。

「低くしても同じだ」

しっかりと両足を開いて水川が体勢を整えた。

「脇差と太刀では長さが違う。吾《われ》の一刀が届けども、きさまの切っ先は吾に触れず」

水川が述べた。

「仲間の仇《かたき》、今、ここに取る」

右脇構えから踏み出し、水川が袈裟《けさ》懸けに出た。

「おうよ」

じっと水川の太刀を見つめていた良衛は、飛びこむように水川の股《また》の間で平蜘蛛《ひらぐも》のように伏せた。

「なんだとっ」

水川の太刀は良衛の背中まであと二寸（約六センチメートル）足りなかった。

人の手は肩についている。肩によって固定されている腕は、どう振ったところで、己の股間《こかん》をこえて後ろへは回らなかった。

「しゃっ」

その姿勢のまま、良衛は脇差《わきざし》を小さく二度振った。

「ぎゃっ」

膝《ひざ》の裏を斬られた水川が、真後ろへと倒れた。人体の急所ではないが、膝の裏には身体を支える大きな筋がある。これを断たれると、人は立っていられなくなった。

「あがあ」

後頭部をしたたかに地面で打ち付けて、水川が呻《うめ》いた。

「…………」

ずりずりと地を擦る不格好な形で、太刀の届かないところまで水川から離れて良衛はようやく立ちあがった。

「両足の筋を断ちきった。もう、二度と立てぬ」

「ひ、卑怯者」

立ちあがろうとあがく水川だったが、両足筋をやられてはどうしようもなかった。

「卑怯でもなんでもけっこうだ。生きていてこそ、人は人たりえる」

罵声《ばせい》を良衛は受け止めた。

「さてと」

「おい」

提灯《ちょうちん》を拾いあげた良衛に、水川が焦った。

「死にはせぬ。朝になれば誰か助けてくれるだろう」

「このまま放置する気か。剣を遣えぬ身となっては、役に立てぬ。戻っても居場所はない。止《とど》めを刺せ。武士の情けであろうが」

水川が求めた。

「甘えるな」

冷たく良衛は言い捨てた。

「他人の命を尋常な勝負でもなく、奪おうとしたのは、おまえたちだ。武士として扱えだと。贅沢《ぜいたく》にもほどがある」

「……うっ」

水川が黙った。

「医者は人を助けるもの。だが、それは己の命を代償とするものではないわ」

良衛は歩き出した。

「覚えておけ、我らお控え組に狙われた以上、生き延びることはかなわぬ」

去っていく良衛の背中に、水川が捨てぜりふを投げつけた。

「先に地獄で待っているぞ……がふっっ」

苦鳴が続いた。

「………………」

良衛は振り返らなかった。

三

翌朝、東本願寺の門前で見つかった二人の藩士の死体は、町奉行所ではなく、寺社奉行所へと届けられた。門前は町屋でないという慣例によった。

「身分を示すものはもっていないようだが、侍には違いなさそうだな」

寺社奉行の大検使が嘆息した。

世襲制の与力同心を持つ町奉行所と違い、寺社奉行所に専任の探索方はいなかった。寺社奉行に任じられた大名の家臣が、その任にあたる。町奉行所の与力にあたるのが大検使、同心に比されるのを小検使と呼んだ。

「いかがいたしましょう」

小検使が大検使へ伺いを立てた。

寺社奉行は、その名のとおり、寺院神社の取り締まりのためにある。一応、寺社地内での犯罪も担当するが、町奉行所の与力同心のようになれてはいなかった。

「いつものように、大目付、目付、町奉行所へ報《しら》せよ」

「はい」

大検使の命に小検使がうなずいた。

自力で下手人を捜し、捕縛する能力を持たない寺社奉行所である。このようなときは、実質なにもせず、丸投げした。

「諸藩の藩士であれば大目付。旗本御家人であれば目付。浪人者なれば町奉行。それぞれに任せねば」

寺社奉行の大義名分であった。

といっても死亡していた二人の検死録の複製、照会をかけるのに要る書付などを用意するのは手間がかかり、大目付松平対馬守のもとに報告が届いたのは、翌朝であった。

「……死体はどこにある」

「東本願寺に預かってもらっておりまするが、時期から見てそろそろ荼毘《だび》にふさねばならぬかと」

書付を持って来た寺社奉行大検使が松平対馬守の問いに答えた。

「さようか。ご苦労であった」

松平対馬守が、大検使をねぎらった。

「やれ、己の目で見るしかないの」

おっくうそうに松平対馬守が大目付部屋を出た。

大目付には専属の下僚がいなかった。目付における徒目付《かち》、小人目付、中間目付にあたる配下がいなかった。

もちろん大目付にも、宗門改め、鉄炮《てっぽう》改め、分限帳改め、道中奉行などが付随し、それぞれの下僚はいた。しかし、決められた役目の範疇《はんちゅう》でしか、使えなかった。暇そうだから手伝えと言って、宗門改めを今回の用に使うことはできないのだ。

松平対馬守は、自ら東本願寺へと足を運ぶしかなかった。

「これは大目付さま」

死体を預けられて迷惑している東本願寺は、松平対馬守の登場に一層難しい顔をした。

「なにかございましたので」

僧侶《そうりょ》が問うた。

もし、この死体が大事件にかかわっているとなれば、さらに保管しておかなければならなくなるだけでなく、奪い返しに来る者などから守らなければならない。今以上に人手が要ることになる。寺にとっておおいに迷惑であった。

「いや、藩士らしいという話を聞いたのでな。任により検《あらた》めるだけじゃ」

松平対馬守が手を振って、たいしたことではないと表現した。

「さようでございまするか。では、こちらへ」

僧侶が本堂の片隅へと案内した。

「よろしいのか」

本堂にあるとは思っていなかった松平対馬守が驚いた。仏の道とはいえ、仏門も宗派でもめることが多い。信徒でなければ、山門を潜《くぐ》らせないというところもある。

「死ねば皆、仏でございましょう。極楽往生への道筋をつけるのが、我ら出家の役目でございまする」

木綿の大きな布で覆われた死体に僧侶が手を合わせた。

「お見事でございまする」

松平対馬守が一礼した。

「では、おい」

寺男へ、僧侶が合図した。

「へい」

布を寺男が捲《めく》った。

「…………」

途端に強くなる異臭に、思わず松平対馬守が息を止めた。

「このままにしておくようにとの寺社奉行さまのお達しでございまして、帷子《かたびら》に着替えさせておりませぬ」

僧侶が申しわけなさそうに言った。

「いやいや」

鼻を摘むわけにもいかない。松平対馬守は呼吸をできるだけ少なくしながら、死体を見た。

「傷は……」

「わたくしが見ておりまする」

寺男が告げた。

「よろしければ、あちらで」

庫裏を僧侶が示した。

「そうしていただくと助かる」

見栄もなく、松平対馬守が案内の僧侶に従った。

「城に戻ったならば、すぐに寺社奉行どのへ、茶毘にふすよう進言する」

離れた庫裏でようやく松平対馬守は深呼吸した。

「畏《おそ》れ入りまする」

僧侶が礼を言った。

「では、教えてくれ。傷はどうなっていた」

松平対馬守は寺男に問うた。

「一人は、ここを一突きでございました」

寺男が右脇腹を手で押さえた。

「肝の臓か」

「もう一人は、首筋に傷が」

「首根の急所……他には」

確認するように松平対馬守が訊《き》いた。

「首根をやられていた仏さまは、両足の膝《ひざ》の裏、このあたりが真横に斬られておりました」

ふたたび寺男が、己の身体を使って示した。

「両膝の裏が……」

松平対馬守が思案した。

「ああ、あとこちらの仏さまは、頭の後ろに大きなこぶがございました」

寺男が付け加えた。

「難しいの」

「なにがでございまするか」

茶の用意をしていた僧侶が尋ねた。

「両膝の裏側を真横に斬るのは至難の業でございますぞ。相手が気づかないうちに背中に近づいたか、あるいは反応できないほどすばやい動きでおこなったか。どちらにせよ、尋常な遣い手ではない」

「なるほど」

「そして、膝は低い。傷の様子はどうであった。足首に向かって開いていたか」

松平対馬守が、寺男へ質問した。

「……どちらかというと、上向きに見えましたが」

思い出すようにして寺男が答えた。

「馬鹿な……」

「ひっ」

大声を出した松平対馬守に、寺男が怯《おび》えた。

「ああ、すまぬ。そなたを叱ったわけではない」

急いで松平対馬守が詫《わ》びた。

「他に気づくことはないか」

「……あとはもう」

萎縮《いしゅく》してしまった寺男が、小声で首を振った。

「すまなかったな」

松平対馬守は、すばやく懐から紙入れを出すと、一分金と一朱金一枚ずつを紙に包んだ。

「あの仏たちに線香でも」

一分の金包みを松平対馬守が僧侶へ渡した。

「これはかたじけのうございまする」

僧侶が恭しく受け取った。

「精進落としにでも使ってくれ」

寺男へ松平対馬守が心付けを出した。

「このような……」

「出したものを引けるわけなかろう」

遠慮する寺男に、松平対馬守は金を押しつけた。

「では、邪魔をした」

松平対馬守は東本願寺を後にした。


「表御番医師矢切良衛は登城しておるかの」

城の大目付控えに戻った松平対馬守が、お城坊主に問うた。

「見て参りましょう。おられたら、いかがいたしましょう」

お城坊主が尋ねた。

「こちらまで来てくれるようにな」

「承知いたしましてございまする」

小走りにお城坊主が駆けていった。

城中の雑用一切を受け持つお城坊主は、ただでは動かない。頼みごとのたびに謝礼を渡すのが慣例であった。だが、役目で人を呼ぶことの多い者にとっては、そのたびに金を出していては面倒である。そこで、節季ごとにお城坊主の肝煎《きもい》りにまとまった額を渡すようにしだす者が増えてきていた。松平対馬守もその一人であった。

「お呼びと伺いましたが」

良衛が顔を出した。

「お医師すまぬな。またぞろ腰がな」

わざとらしく松平対馬守が、腰を押さえた。

「なにか重いものでもお持ちになりましたか、それとも無理な姿勢をとられましたか」

「東本願寺まで早足で往復してきた」

「……東本願寺でございまするか」

一瞬だけ良衛の反応が遅れた。

「一昨日《おととい》の朝だったかの。東本願寺前で侍が二人死んでいたそうだ」

「さようでございましたか。横になってくださいますよう」

返事をしながら、良衛は診療の体勢に入った。

「うむ」

松平対馬守が従った。

「での、その死体を見てきたのだ」

「なぜに、大目付さまが」

腰の辺りを触りながら、良衛は首をかしげた。

「諸藩の士ならば、大目付の出番であろう」

「藩士まで大目付さまが」

良衛は目を剝《む》いた。

「慶安《けいあん》、天草の乱の例もある。きりしたんであれば、宗門改めの任であるし、謀叛《むほん》とあれば、大目付の出番であろう」

「はあ……ここはいかがでございましょう」

生返事をした良衛は、松平対馬守の太股《ふともも》のなかほどを押した。

「あつっ。なにやら足先までしびれたぞ」

痛みに松平対馬守がうめき声をあげた。

「よくありませぬな。ここには足を動かす大きな神経が露出しておりまして。この神経が傷むと、激痛が走り、歩くことはもとより、座ることさえできなくなりまする」

「それは困るぞ。座れなくなっては、お役が務まらぬ」

松平対馬守が困惑した。

将軍の前で足を崩すなどとんでもなかった。まともに座れなくなれば、お役目返上だけでなく、隠居もしなければならなくなる。

「冷えるのが一番よろしくございませぬ」

「どうすればいい」

「少々手間ではございますが、下帯を締められた上から晒《さら》しを巻かれるのがよろしいかと。軽く締め付けるような感じで巻いていかれれば、腰のずれも止められましょう」

「厠《かわや》に行くたびに解かねばならぬではないか。面倒な」

嫌そうな顔を松平対馬守がした。

「本当に痛み出してからでは、もっと面倒になりますぞ。病は軽いうちに対処しておかれるのが、もっとも楽でございまする」

あきれた口調で良衛は述べた。

「わかった。わかった。明日《あした》からそうしよう」

松平対馬守が承知した。

「では、起きて……」

「そのままで聞け」

診療の終わりを告げようとした良衛へ、松平対馬守が低い声で命じた。

「死体の傷が気になる」

「…………」

良衛は沈黙した。

「一人は右脇腹を……」

寺男から聞かされたことを松平対馬守が語った。

「脇腹の傷はまあいい。もう一人の膝裏《ひざ》の刀傷がな。どうしても、その傷ができた状況がわからぬ」

松平対馬守の話を聞きながら、良衛は苦い思いを嚙《か》みしめていた。

「そなたならどう考える」

うつぶせのまま、松平対馬守が質問した。

「さようでございますな。膝の筋を上に向かって裂くためには、少なくとも膝より低い位置になければなりませぬ」

「それはわかっている。できるかどうかを訊《き》いている」

当たり前のことを言った良衛に松平対馬守がいらだった。

「わたくしは現実に見たことなどありませぬが、忍《しのび》のなかには、地に穴を掘って隠れる者がいるとか」

「ふん」

鼻先で松平対馬守が笑った。

「何日前からはわからぬが、東本願寺の前に穴を掘って、忍が潜んでいたと。そして偶然獲物がその穴の前に後ろを向いて立ってくれたと」

「…………」

答を求められたから言っただけである。それをあからさまに嘲弄《ちょうろう》されて、良衛は鼻白んだ。

「医者というのは、ありえないことで話をすませるのか」

「そのようなことはございませぬ」

「ならば、まともな答だけしかするな」

「……はい」

良衛はうなずくしかなかった。

「剣を振る手は肩についておりまする。その肩を膝より低い位置にしないと、その傷はできませぬ。となれば、考えられるのは二つ。一つは、殺された侍が、塀の上など高いところにいた場合」

「なるほどの。もう一つは」

先を松平対馬守が急《せ》かした。

「斬り手が地面に仰向けで寝そべった」

「また待ち伏せと言うつもりか」

松平対馬守の表情が険しくなった。

「違いまする。戦いの最中にそうせざるをえなくなったと申しておりまする」

「剣の戦いで、そのような状況になることなどあるはずない」

良衛の言葉に、松平対馬守が首を振った。

「たしか対馬守さまは、剣をおやりではなかったかと」

「ああ。この泰平の世に剣など要るまい。なにより、吾《わ》が家は三千石、槍《やり》と馬を許されておる。学ぶならば槍しかない」

松平対馬守が誇った。

武士の格に、槍一筋、馬一匹との表現があった。自前で槍を持つ、そして騎乗を許されるとの意味で、この二つが揃《そろ》って一人前の武家とされた。

事実戦場で剣はさほど役に立たなかった。なにせ、相手は鎧兜《よろいかぶと》に身を固めているのだ。剣ではなかなか致命傷を与えるのは難しい。しかし、槍ならば、鎧ごと貫くこともできる。本来武家の表芸は、槍であった。

だが、争いがなくなると、長い槍は邪魔であった。そこで剣が重視されだし、いつの間にか、武士の表芸といえば、剣術と言われるようになっていた。

「槍ではおわかりになりませぬ」

「どういうことだ。槍を虚仮にする気か」

松平対馬守が気色ばんだ。

「いいえ。槍と剣では、その根底から違いまする」

腰を触る振りをしながら、良衛は続けた。

「槍よりも剣は動きまする。槍と違い、剣は道具外れを狙わないと、相手に傷を負わせられませぬ」

道具外れとは、鎧や兜などの防具で覆われていないところのことだ。身体の動きを規制してはかえってまずい場所であり、首や、脇の下、股間《こかん》などである。剣は、それら動き回る敵の、小さな急所を狙わなければならないために、いろいろな工夫を取り入れていた。

「ふむ」

「当然、相手の出方によっては、自ら転ぶこともいたしまする」

足軽は槍で戦うのが主である。しかし、足軽の使う長柄槍は、普通の槍より長く、取り回しが難しい。手元に飛びこまれれば、どうしようもなくなる。槍以外、あるいは鉄炮《てつぽう》、弓と持ちものを変えても、足軽の武器はそれ以外に脇差《わきざし》だけしかない。手元に飛びこまれたら、それで抗うしかなくなる。

なにせ、足軽を助けてくれる者はいない。これが武家ならば、家臣なり、朋輩《ほうばい》なりが、駆けつけてくれる。家臣に至っては身代わりになってくれもする。だが、足軽にではなにもなかった。傷ついても、囚われても、救いの手はさしのべられない使い捨てが足軽であった。

となれば己の身は己で守るしかなくなる。槍が使えなくなったときのことも、足軽は考えていなければいけないのだ。

武士の名誉もなにも関係なく、ただ生き延びることだけが大切な足軽は、何でもできる。助かるなら、地を這《は》うこともいとわない。

「……武士のすることではないな」

聞かされた松平対馬守が、嫌悪の表情を浮かべた。

「…………」

けなされた良衛は沈黙した。

「ということはだ、斬りかかられたか、斬りかかったかは知らぬが、地に身を投げ出してから刀を水平に振るえば、この傷跡はできるのだな」

「……はい。足の裏側は、柔らかく、刃のとおりもよろしゅうございまする。これを表側でやれば、骨にあたり、両方を同じ深さで斬ることは、まずできませぬ」

良衛は説明を加えた。

「膝の裏をこういう風に断たれたら、どうなる」

「そのときの状況にもよりまする。前へ出ようとしていたならば、勢いのまま前へ転びましょうし、両足を踏みしめるようにしていたならば、後ろへ倒れるかと」

「ふむ。それで一つ説明はついた。頭の後ろに大きなこぶがあった」

松平対馬守が納得した。

「では、これで」

用はすんだと良衛は立ちあがった。

「ああ、その死体だが、どうやら左の首を断たれたことで死んだらしいのだ。倒れてから首の筋を断つことはできるな」

「できましょうが、あまりいたしますまい」

思い出したように問う松平対馬守に、良衛は否定を返した。

「なぜだ」

「倒れた敵というのは面倒なものでございまする。さきほども申しましたように、刀を持つ腕は肩についておりまする。地に伏した者に止《とど》めを刺そうとすれば、突くしかございません。斬りつければ、吾が足を傷つけるかも知れません。突くためには、相手のすぐ隣まで近づかなければならず、そうなれば、敵の刀の間合いに入らなければなりませぬ。相手は寝たまま太刀を振るうだけで、こちらの足へ斬りつけられまする。対して、こちらは相手の位置が低すぎるため、防ぐことさえ難しい」

「……たしかにな。うかつに近づけば、今度はこちらが足を斬られるか」

想像したのか、一度目を閉じた松平対馬守が嫌そうな顔をした。

「では、どうやって止めを刺したのだ」

「本当に止めでございましょうか」

良衛は疑問を呈した。

「両足を断たれたのでございまする。二度と刺客としては役に立ちませぬ」

「刺客……なるほどな。自害したか。それならわかる。ご苦労であった」

大きくうなずいた松平対馬守が、退出を許可した。

「…………」

一礼して良衛は、大目付控え部屋を出ていった。

「やはり、おまえだったか」

一人残った松平対馬守が、小さく呟《つぶや》いた。

第三章　権の実態

一

良衛の返り討ちに遭った藩士の死亡は翌朝に確認された。

「帰って来ていないだと」

越前松平家お控え組江戸組頭出石陣坐《じんざ》が、苦い顔をした。

「昨日出ていったのはまちがいないのだな」

「はい。ひさしぶりに吉原へ行くと申しまして」

控え組でもっとも若い赤西但馬《あかにしたじま》が答えた。

「吉原か、ならば日暮れには戻っていなければならぬ」

出石が腕を組んだ。

武家の遊びは昼間と決まっていた。これは、屋敷の門限が暮れ六つであったからだ。

また吉原も、江戸城大手に近い茅場町《かやばちょう》にあったことは、昼遊びしかしていなかった。これは武家屋敷に近く、吉原の主たる客が侍だったためである。それが明暦の火事による日本堤《にほんづつみ》への移転と武家の経済が逼迫《ひっぱく》し、町人が主となったため昼夜営業となり、泊まりの客も受け入れるようになったが、それでも武家は昼ごろ来て、夕方には帰る。泰平が長く続き、武家の規律も甘くなったとはいえ、無断外泊は重罪であった。

許可を受けずに外泊する。これはかけおち扱いとなり、士籍剝奪《はくだつ》のうえ、上意討ちの命が下される慣例であった。

「水川と田宮か。あの二人が逃げ出すとは思えぬな」

「はい」

赤西が同意した。

「我らお控え組は、殿に忠誠を誓った者だけで構成されておりまする。どのような事態が起ころうとも、藩を裏切るようなまねをするはずはありませせぬ」

「…………」

拳《こぶし》を強く握って赤西が言った。

「誰か」

興奮している赤西を放置して、出石が大声をあげた。

「なにか」

中間が顔を出した。

「佐助《さすけ》か。町中で武家の死人が出ていないかどうか、訊《き》いてこい」

「出ていたならば、いかがいたしましょう」

佐助が問うた。

中間の多くは江戸で雇われた節季奉公である。節季ごとに給金を決めて、雇う雇われないを決める。条件次第では、あっさりと他藩へ移ったり、別の仕事に就くため、流れ者として低く扱われていた。

だが、大藩や名門の大名は、江戸屋敷で使う中間として領民を連れてきているところもあった。譜代の中間として、流れ者の中間には任せられない藩の用事や、一族、重臣の所用などを担当した。

佐助も福井から江戸へ出てきている譜代の中間であった。

「もし、水川と田宮とわかっても、引き取らず、状況を確認してきてくれればいい」

「お家お名前を出すなと」

「そうだ」

確認する佐助へ、出石がうなずいた。

「では、お仕着せを脱いでから行って参りまする」

佐助が一礼した。

お仕着せとは、藩から中間に貸し出される紺の法被のことだ。背中に大きく藩の合い印を染め抜いてあり、どこの中間か一目でわかるようになっていた。

「組頭」

やりとりを聞いていた赤西が、出石へ詰め寄った。

「遺体を引き取らぬとはどういうことでございまするか」

「市中に屍《しかばね》をさらした。これがどういうことかくらい考えろ。剣が振れるだけでは、お控え組として真の働きなどできぬぞ」

「……えっ」

憤っていた赤西の顔色が一気に青くなった。

「屍をさらすのはなぜだ」

「死んだからでございまする」

「ではなぜ死んだ。二人揃《そろ》って、病死したのか」

「それは……殺されたとしか考えられませぬ」

赤西が答えた。

「そうだ。つまり、二人は何者かに襲われて負けたのだ。それがどのような戦いであってもだ。その二人の遺体を、我が藩士なればと引き取る。と、どうなる。世間は、どう見る。越前藩士は負けた。弱いとなろう」

「たしかに」

諭すように言われて赤西が理解した。

「いずれ天下を統べられる殿の家臣が弱い。そんな評判がたっていいと思うか」

「とんでもございませぬ」

赤西が大きく首を振った。

「であろう。ゆえに、二人の遺体は引き取らぬ」

「わかりましてございまする。浅慮お詫《わ》びいたしまする」

怒りで上司に詰め寄ったことを、赤西が謝罪した。

「だが、このままではすまさぬ」

「…………」

怪訝《けげん》な顔を赤西がした。

「水川と田宮を倒した者を許してはおかぬ」

「おおっ」

赤西が喜びの声をあげた。

「もし、喧嘩《けんか》沙汰《ざた》などが原因ならば、仇《かたき》を討つだけ……でなければ」

「でなくば……」

まだわかっていないのか、赤西が首をかしげた。

「我ら正体を知っての刺客……」

「……むう」

赤西が唸《うな》った。

「天下の権を狙う者が我らだけだと思っていたのではなかろうな」

「…………」

糾弾するような出石に、赤西が沈黙した。

「よく、それでお控え組へ推挙されたものだ」

出石があきれた。

「すみませぬ」

「よいか。天下だぞ。織田信長が欲し、豊臣秀吉が一代の夢とし、神君家康公が手にされた。たった一つの至宝。それを欲せぬ者などおるか」

小さくなった赤西を出石が叱った。

「といったところで、我らに天下を望む資格はない。将軍は家康さまのお血筋でなければなれぬ決まりだ」

「はい」

当然のことだと赤西が首肯した。

「では、誰がいるか」

出石が言葉を一度切った。

「我が殿、尾張《おわり》、紀伊《きい》、水戸の御三家、それと甲府公でございましょう」

赤西が指を折った。

「少し違うな。たしかに我が殿は言うまでもない。御三家の尾張、紀伊もそうだ。甲府公も、上様の甥《おい》にあたられるので、資格はある」

「水戸が抜けておりませぬか」

足りないと赤西が尋ねた。

「水戸は外されている。水戸家は御三家ではない。家康さまの仰せになった御三家とは、将軍家、尾張、紀伊のことだ。将軍を出すための血筋としてのな。そして水戸は、紀伊家と同母の弟。水戸家は紀伊家に跡継ぎがないときの予備でしかない」

答えは、部屋の外からした。

「ご家老」

「これは」

不意に控え組の部屋へ入ってきた小柄な初老の藩士に、出石と赤西が手を突いた。

「田宮と水川が帰ってきておらぬそうだな」

「お耳に届きましたか。申しわけございませぬ」

組士の不始末は、組頭の責である。出石が詫びた。

「詫びは要らぬ。まずは状況を把握せねばならぬ」

小さく家老が手を振った。

「そのための話であろう」

「はい」

出石が認めた。

「赤西だったか。そなたの父上とは、かつて机を並べて学問を競った仲だ。あいにく、今は身分に違いができてしまったがの」

「畏《おそ》れ入りまする」

赤西が恐縮した。

「続きは、儂《わし》が語ろう」

「お願いいたしまする」

家老の申し出に、出石が座を譲った。

「足りないのは誰かであったな」

二人がうなずくのを見て、家老が続けた。

「加えるべきは、あと二人。一人は甲府公の弟だ」

「甲府公に弟君がおられますので」

思わず赤西が声をあげた。

「無礼だぞ」

「ああ、叱ってやるな。無理もないことだ」

たしなめた出石を、家老が宥《なだ》めた。

「知らなくて当然だ。なにせ、甲府の先代綱重《つなしげ》公の子と認められていないからの」

「それは……」

衝撃の連続に、怒られたばかりなのを忘れて赤西が問うた。

「生母の身分が低すぎるからだそうだ。おかしな話よな。身分低い女と知っていながら、手を出したのは先代の甲府公であろう。女を抱けば子ができるなど、誰でもわかる理屈じゃ。それでいながら、産ませておいて知りませんは、とおるまい」

家老が綱重を嘲笑《ちょうしょう》した。

「まあ、事情などはどうでもよい。甲府公には弟がいるとだけ知っておけ。もっとも、甲府公が死なない限り、将軍の座が回ってくることはない」

「はい」

「そして残りの一人が、強敵だ」

「御三家や甲府公よりもでございまするか」

「ああ」

赤西の言葉に、家老が首を縦に振った。

「もしや……有栖川宮幸仁親王《ありすがわのみやゆきひと》さまでございますか」

「ほう、知っておるのか。宮将軍の話を」

口にした赤西へ、家老が感心した。

「はい。たしか四代将軍家綱さまご逝去のおり、大老酒井雅楽頭忠清さまが、鎌倉の故事に倣って、宮将軍としてお迎えしようとしたと聞きましてございまする。そのおり、候補となられたのが有栖川宮さまで、宮さまは、我が越前家の親戚《しんせき》筋にあたるとも」

「まちがいではない。その経緯は確かにあった。もし、堀田筑前守の機転がなくば、五代将軍は有栖川宮さまがなられ、酒井家は世襲制の大老、いや、鎌倉に従うならば、執権として君臨していただろう。しかし、ことは堀田筑前守によって破れた」

「…………」

「はい」

沈黙する出石に対し、赤西は反応した。

「しかしな、有栖川宮さまはたしかに越前の縁者ではあるが、血の繋《つな》がりはない。有栖川宮さまの父君　高松宮好仁親王《たかまつのみやよしひと》に秀康公のご嫡男忠昌《ただまさ》公の姫、亀《かめ》姫さまが嫁がれたが、有栖川宮さまは、側室の腹じゃ」

「それでは、将軍となる資格などないではありませぬか」

「そうだ」

叫ぶように言う赤西に対し、淡々と家老が認めた。

「だから、最後で負けた。家康さまの血を引いていない。これほどの大義名分はないからの。でなければ、堀田筑前守が、綱吉さまを病床の家綱さまのもとへお連れするより前に、話は決まっていた。いかに酒井雅楽頭の力が強く、堀田筑前守を除く他の老中が皆、その飼い犬だったとしても、血統の正統さを表にされては強行できぬ。下手すれば、綱吉さまあるいは御三家を旗頭にして、旗本や譜代大名が叛乱《はんらん》を起こしたかも知れぬ。ゆえに、慎重にならざるを得なかった。酒井雅楽頭は御用部屋の総意という名分を欲した。堀田筑前守を説得しようとした。その慎重さが堀田筑前守につけこまれる隙となった」

「なんという……」

赤西が絶句した。

「雅楽頭の野望はあと少しで潰《つい》えた。徳川と祖を同じくする酒井を幕府にとって特別な家にする。それが雅楽頭の願いであった」

徳川家の初代と言われているのは、世良田次郎三郎《せらたじろさぶろう》という出自もわからない流れの僧侶《そうりょ》であった。関東から三河《みかわ》へ流れてきた世良田次郎三郎をまず受け入れたのが酒井家であった。酒井の娘婿となった次郎三郎は子をなし、大いに家を栄えさせた。そんな次郎三郎に目を付けたのが、同じく三河の土豪の松平家であった。どういう経緯があったかは不明だが、次郎三郎は子供を残して酒井を離れ、松平の婿となった。つまり、松平と酒井の祖先は、どちらも次郎三郎であった。そして、ときの流れとともに、酒井と松平の勢力に差ができ、やがて酒井家は松平家の家臣となった。

「なぜ酒井が有栖川宮にこだわったのかは知れぬ。が、もし酒井が別のお方に目を付けていれば、五代将軍は変わっていたはずだ」

「別のお方でございまするか」

わからないと赤西が首をかしげた。

「高松宮好仁親王さまに嫁がれた亀姫さまにはご姉妹がおられた。鶴《つる》姫さまと言われるお方が。その方は亀姫さまが高松宮さまへ嫁がれたように、やはり京へと行かれた。九条《くじょう》関白家へとな。そこで鶴姫さまは男子をお産みになられた。そう、今の九条家のご当主は、忠昌公のお血筋。すなわち、神君家康公の玄孫《やしゃご》にあたられる」

「九条さまが……」

赤西が息を吞《の》んだ。

「九条輔実《すけざね》さまこそ、最後の資格者である」

家老が語った。

「これだけの相手との戦いを勝ち抜かねば、殿の将軍就任はない」

じっと黙っていた出石が述べた。

「殿を将軍とし、我らは譜代大名あるいは旗本となる。当然の願いである。なにせ、藩祖秀康公は、神君家康さまのご次男なのだ。どこの家でも嫡男亡き後は次男が家を継ぐのが当たり前である。それを二代将軍の座を欲した三男秀忠めが曲げた。我らはそれを正さねばならぬ」

「はい」

力強く言う出石に、赤西が同意した。

「老中や主たる譜代大名、高禄《こうろく》の旗本などへの対応は家老である儂がする。すべての同意を取れればよいが、そうはいかぬ。とくに御三家が難しかろう。もちろん、それ以外にもいろいろな思惑で反対、いや敵対する者もおる。そのときこそ、おぬしらお控え組の出番である。力で、敵を排除する。それまで鍛錬を怠らぬよう」

「承知いたしましてございまする」

若い赤西が力強く応えた。

「では、稽古《けいこ》にいってこい。残っている組士も連れて行け。吾《われ》もすぐに行く」

「はい」

出石の指示で、赤西が出ていった。

「…………」

赤西の姿が消えるのを待っていた家老が口を開いた。

「どういうことだ」

先ほどとは違う氷のような声であった。

「わたくしにもまったくわかりませぬ」

「お控え組は、実家とは別に禄を支給され、組屋敷も与えられる。これは、なんのためだ」

「殿の大願を成就させるためでございまする」

家老の確認に、出石が答えた。

「わかっているならば、己の命さえ自儘にしてはならぬとわかるはずだ。なぜ、水川と田宮が帰邸しないのだ」

「申しわけございませぬ」

叱責に出石が頭を下げた。

「組士が若い者ばかりであるゆえ、吉原通いを止めさせることなどできぬというのはわかる。しかし、もっと厳格に規制すべきである」

「……はい」

頭を垂れたまま、出石が受け止めた。

「水川と田宮は死んだぞ」

「なぜおわかりに」

「出入りの町方が問い合わせてきたわ」

どこの藩でも将軍の城下町でのもめ事を避けるため、町奉行所の同心、与力との繋がりを持っていた。小遣い銭を与える代わりに、藩士と町人がもめたときの仲介をしてもらったり、市中でのできごとなどを教えてもらうのだ。これを出入りといった。

「東本願寺の門前で二人の藩士らしい侍が斬り死にしているとな」

「……東本願寺。吉原からの帰り道でございますな」

出石が唸《うな》った。

「まさかお認めに」

「そんなわけなかろうが。貴藩のお方ではございますまいなと与力が言うでな、もちろん我が藩の者とはかかわりないと申しておいた」

「お手間をとらせ、申しわけございませぬ」

かかわりがないと町方に明言した以上、遺体を引き取ることはできなくなった。遺体がなく行き方知れずとなった藩士は欠け落ち者とされ、藩籍を削られる。すなわち、藩からの援助や保護だけでなく、武士としての身分さえも失った。もちろん、藩士でなくなるため、その家族も藩邸から放逐される。

「お控え組は係累を持たぬ。よって、家族たちにはなんの累も及ばぬ」

「かたじけのうございまする」

温情に、出石が頭を下げた。

「今後、お控え組は儂《わし》の許しなく藩邸を出るな」

「お言葉ではございまするが……」

家老の命に、出石が抗弁した。

「我が殿の道を邪魔しておりまする者どもを排除する好機は、なかなかに訪れませぬ。今ぞと思ったときに、ご家老さまのお許しを待っていては、咄嗟《とっさ》のように間に合わぬことも出てきまする」

「ふむう」

反論に家老が思案した。

「機を逸するのは本意ではない。よかろう。組の任にかかわることのみ、出石、おぬしの差配でいたせ。それ以外での外出は認めぬ。とくに悪所通いなどさせるな」

「はい」

出石が承知した。

「ところで、出石。水川も田宮も江戸藩邸では知れた遣い手であったはず。その二人を倒すほどの敵に心当たりはあるのか」

家老が質問した。

「ございまする」

「どこの手のものだ」

考えもせず反応した出石に、家老が身を乗り出した。

「幕府表御番医師、矢切良衛しか考えられませぬ」

「表御番医師……堀田筑前の死を調べているとかいう医者か」

良衛のことは家老も知っていた。

「はい」

「なにを隠している」

家老が猜疑《さいぎ》の目で出石を見た。

「お報《しら》せはいたしておりませんでしたが、堀田筑前守の上屋敷を襲った我らを邪魔したのが、こやつでございました」

出石が告げた。

「あのときの死者は、堀田家の藩士にやられたのではなかったのか」

家老が驚愕《きょうがく》した。

「医者ごときに負けるなど……お控え組の意味がない」

「かなり遣いまする」

憤る家老に、出石は言いわけをした。

「ふん。まあ、そのあたりはよい。儂がそやつの腕を見たわけではないゆえな。しかし、表御番医師が堀田家にいた理由はなんだ」

「通りすがっただけのようでございました」

「愚か者」

出石の言葉を聞いた家老が怒鳴りつけた。

「大老の上屋敷を通りすがる表御番医師などおるか」

「……ですが、そのように申しておりました。堀田家中の者との受け答えも、そうとしか取れぬものでございました」

詳細を出石は語った。

「……堀田家とのかかわりは薄いな。だが、ならばなぜ、夜中に医者がそんなところにいた。堀田筑前守の死を調べているという医者が」

「どうして表御番医師が堀田筑前守の死を調べておるのでございましょう」

素直な疑問を出石が口にした。

「それよ。医師に江戸城中での監察の権はない。なのに大老の死の回りをうろつく。ふむ、目付あたりの差し金か」

「目付でございますか」

「そうだ。江戸城中でのできごとは目付が担当する」

首をかしげた出石に、家老が告げた。

「しかし、堀田筑前守の死は若年寄稲葉石見守の刃傷《にんじょう》でございまする。老中までが目撃したとなれば、目付といえども手出しできますまい」

出石が疑念を口にした。

目付は千石前後の旗本のなかから、とくに俊英な者が選ばれて任じられた。江戸城中非常の際の指揮を執り、旗本の監察をおこない、市中火事場の巡検なども担当した。とくに監察として活躍し、その公平峻烈《しゅんれつ》さは、我が親を訴追して切腹させた目付がいたことでも知られる。疑念があれば、大奥でも足を踏み入れることが許され、その報告は直接将軍家になされることもあり、老中でさえ遠慮なく糾弾した。

「堀田筑前のことではないのかも知れぬ」

「はあ……」

なんともいえない顔を出石がした。

「稲葉石見のことではないかの」

家老が口にした。

「どういうことで」

「大老が若年寄に殺されたことはわかっている。だが、なぜ刃傷に及んだかはわかっていない。なにせ、とうの本人たちが死んでしまっているからな。怨恨《えんこん》なのか、乱心なのか、金で雇われたのか」

「それがどうかかわると」

殺した事実に変わりはあるまいと、出石が述べた。

「大老が若年寄に刺殺される。これがどれだけ大事かわかっているか。しかも、その場所が、上様御座所にほど近い御用部屋前だ」

「それくらいは」

「さきほども申したであろう。江戸城内のことは、目付の責任である。つまり、この事件を防げなかった責任は目付にある」

「理不尽ではございませぬか。人が人を殺した。その責を押しつけられたのでは、目付もたまりますまい」

出石があきれた。

「普通ならば、目付が咎《とが》めを受けることなどない。だが、場所と相手が悪すぎる。将軍随一の寵臣《ちょうしん》が、その居場所近くで殺されたのだ。上様の怒りが大きいのはわかるな」

「はい」

「人は怒れば、その振りあげた拳《こぶし》の行き先を求める。今回の騒動で将軍の怒りを買うべきなのは下手人である。だが、その下手人はすでに亡い。恨み言一つ言う前に、怒鳴りつける前に死なれたのだ。将軍としては怒りを収めようがあるまい。当然、怒りをぶつける先を探す」

「なるほど。上様の怒りは目付に向かうと」

「おそらくな。目付さえ稲葉石見守の異常さに気づいていれば、ことは防げたはず。そのために目付にはあらゆるところへ立ち入る権を与えてあるのだと」

家老が続けた。

「将軍の怒りを買えば、目付など一瞬で吹き飛ぶ。そして、新たに任じられた目付から、職務怠慢を言い立てられ、その身は切腹、家は断絶となりかねぬ。そうならないためにはどうするか」

「他の生《い》け贄《にえ》を差し出す」

「そうだ」

出石の答えに、家老が首を縦に振った。

「目付が探す者、それは稲葉石見守を走狗《そうく》とした黒幕。そやつが見つかれば、将軍の怒りはそちらに向く」

「しかし、医師ではなにもできますまい」

「いいや」

家老が出石の言葉を否定した。

「医者ならば、治療という名目で、どこへ出入りしても目立つまい」

「たしかに。では、あの表御番医師は目付の」

「手の者と考えるべきであろう」

出石へ家老が述べた。

「では、始末したほうがよろしゅうございますな」

「難しいところだ。我らは稲葉石見のことにかかわりはないが、堀田正仲を殺そうとしたのはたしかである。綱吉の力を少しでも削ぐためにな」

「はい」

「非業の死を遂げた寵臣の跡継ぎだ。かならず綱吉は引きあげ、側近とするだろう。またそうなれば、正仲も恩義を感じ、父同様綱吉に忠義を尽くそうとする。五代将軍は綱吉に奪われたとはいえ、六代の座はかならず殿へお渡しせねばならぬ。その機が来たとき、ふたたび堀田が阻害となっては面倒。ゆえに正仲を殺し、家督を双子の弟正虎へ行くようにする。正虎は我が藩祖秀康さま同様双子ゆえに冷遇されている。藩主になれたならば、狂喜乱舞するはずだ。そして、それが我らのお陰と知れば……」

「我が殿のお味方になりましょう」

「そうだ。綱吉将軍第一の功臣堀田筑前の跡取りが、我らの手の者。綱吉のすぐ側に獅子《しし》身中の虫を入れられる。何せ、双子ぞ。見た目では区別が付くまい。堀田家も、刃傷で当主が死んだ直後に、長男が殺されましたなどと表沙汰《おもてざた》にはできぬ。それこそ、藩の存亡にかかわるからな。黙って正虎を正仲と偽って藩主とするだろう。その秘密も我らは握る。まさに堀田家は、我らの思うがまま」

　家老が力説した。

「その絶好の機を奪われたのは痛い。ただ、もし表御番医師が目付の配下となっていたならば、討つことで目付の注意を引きかねない」

「では、しばらく様子を見まする」

「そうだな。とりあえず今は静かにしておけ。配下たちに馬鹿をさせるな。ただし、我らの正体に表御番医師が気づいているならば……殿にもお話はしておく」

　曖昧《あいまい》な態度で締めくくった家老が去っていった。

「障害は困難なほど、それを除けたときの功も大きい。殿のもとにまで医師のことが知れた。ここで医師を排せれば……手柄が組頭たる吾《われ》のもの」

　家老を見送った出石がほくそ笑んだ。

二

　大目付松平対馬守は、五代将軍綱吉への目通りを願った。

「お目通りを許されまする」

半刻《とき》(約一時間)ほど待たされたが、松平対馬守は綱吉と面会できた。

「どうかしたか」

「お人払いを」

問う綱吉へ、松平対馬守が願った。

「よかろう。吉保だけ残して、しばし遠慮せい」

「畏《おそ》れながら、柳沢では若輩すぎまする。わたくしが代わりに残りたく」

小姓組頭が綱吉へ上申した。

「そなたの申しよう、殊勝である。だが、それでは、若い者が育たぬ。できて当然な者にばかり、仕事をさせるばかりでは、先が困る」

「上様のご遠謀、畏《おそ》れ入りましてございまする」

そこまで言われては、小姓組頭も引かざるを得なかった。これ以上言いつのれば、綱吉の怒りを買いかねない。

「吉保、太刀を持て」

「はっ」

命じられた柳沢吉保が、太刀持ちの小姓から綱吉の太刀を受け取った。

「これでよいか」

御座の間から小姓と将軍の身のまわりの雑用をこなす小納戸が出ていったのを見て、

綱吉が松平対馬守へ訊《き》いた。

「ご配慮かたじけのうございまする」

松平対馬守が平伏した。

「なにかあったのか」

「寺社奉行より回状のありました東本願寺門前の武家二人の死を確認して参りました」

「そんなことがあったのか」

初耳だと綱吉が吉保を見た。

「さすがにそのようなことまで、上様のお耳には入れませぬ。わたくしも今初めて知りましてございまする」

吉保が告げた。

「ふむ」

少しだけ綱吉が頬をゆがめた。

「で、なにがあった」

「どうやら、矢切良衛を襲って返り討ちにあったようでございまする」

「矢切……」

「表御番医師でございまする」

怪訝《けげん》な顔をした綱吉に、柳沢吉保が言った。

「あの者か。ということは、その死んだ侍たちは、筑前守の刃傷《にんじょう》にかかわると見てよいな」

「ご賢察でございまする」

松平対馬守が綱吉に感嘆した。

「身元は知れたのか」

「いいえ。何一つ身元を示すものなどもっておりませぬ」

「では、意味がないではないか」

首を振る松平対馬守に、綱吉が口調を厳しくした。

「ゆえに罠《わな》をかけたいと思いまする」

「罠だと」

「はい。死体はすでに腐敗し始め、とても保存できる状態ではございませぬ。よって、寺社奉行に申しまして、茶毘《だび》にふさせようと思いまする。そののち、死体の遺品は本願寺に保存しているとの噂を流しまする」

「呼び寄せるのだな」

すぐに綱吉が理解した。

「それでどうする。迎え撃つつもりではなかろう」

「はい。後を付けさせ、正体をあきらかにさせまする」

綱吉に促された松平対馬守が答えた。

「そのあとは上様にお任せいたしまする」

「ふん」

続けた松平対馬守の言葉に、綱吉が鼻を鳴らした。

「わかった。で、後を付けさせると言ったが、誰にさせるつもりじゃ」

「矢切に命じまする」

「町方でも伊賀《いが》者でもなく、医者にさせると」

綱吉がほんの少し驚いた。

「はい。一つめの理由は、これ以上ことを知る者を増やさぬためでございまする。知る者が増えれば、漏れやすくなりまする」

「うむ。二つめは」

首肯した綱吉が、先を促した。

「矢切ならば、相手に見つかってもおかしくありませぬ。己を襲ってきた者の正体を知ろうとするのは当然の行為。後ろにわたくしがおるとは思われますまい」

「なっ」

じっと黙っていた柳沢吉保が唖然《あぜん》とした。

「どうかなされたかの」

淡々とした口調で、松平対馬守が柳沢吉保へ話しかけた。

「ご無礼を」

将軍の前で許可なく声を出すのは、礼儀に反している。柳沢吉保が詫《わ》びた。

「今回はよい。だが、今後は注意いたせ」

綱吉が許した。

「そなたが声を出したのは、矢切の扱いであろう。あからさまな切り捨てだからの」

「畏れ入りましてございまする」

柳沢吉保が、綱吉の言うとおりだと認めた。

「大目付が後ろにいる。それだけで、医師の身は安全になる。なれど、大目付がいると知られることは、躬《み》の影も見えるということだ。吉保、将軍はな、裏の動きに加わってはいかぬのだ」

「はあ……」

柳沢吉保が、みょうな返答をした。

「わからぬか。将軍はな、武家の統領なのだ。すべての武家をまとめあげる象徴なのだ。いわば武神である。神はな、正しくなければならぬ。将軍が動くのは、公明正大である。ゆえに、天下の法を定められるのだ。将軍が闇で姑息《こそく》なまねをしているとあれば、武家はもとより、民百姓の信を失う。そうすれば、政はうまくいかなくなる」

「…………」

綱吉の説明を柳沢吉保が黙って聞いた。

「躬が動くときは、相手が言い逃れできなくなったとき。それまで躬はかかわってはならぬ」

「柳沢どのよ。上様に泥をつけるわけには参りますまい」

「当然でございまする」

松平対馬守の言いぶんに、柳沢吉保が同意した。

「汚れるのは拙者まででで止めねばならぬ。そのために、矢切を使う。まあ、実際は大目付に使える配下がいないせいでもあるがな」

「それは、躬への催促か。配下をよこせという」

自嘲《じちょう》した松平対馬守に、綱吉が苦笑した。

「お願いをできまするか」

「ならぬ。大目付は飾りでなければならぬ」

あっさりと松平対馬守の要望を綱吉は拒んだ。

「陰で働けと仰せでございまするか」

「できるだろう。それくらいは。できないようならば、大目付まで上がってくることはなかったはずだ」

綱吉が述べた。

大名を取り潰《つぶ》すことで徳川の力を誇示していた幕初、大目付の権限は大きかった。それこそ、老中、御三家、外様の大大名さえも、大目付の顔色をうかがった。しかし、三代将軍家光死亡直後におこった浪人の叛乱《はんらん》、由井正雪《ゆいしょうせつ》の乱を受けて、政策を見直した幕府は、大名の取り潰しを削減する方向へと転換した。

大名を改易することで、幕府に抗う勢力は減らせる。それは、潰された大名の家臣たち、浪人を世に溢《あふ》れさせることであった。

禄《ろく》を失った武士たちも生きていかなければならない。とはいえ、新たな仕官などはなく、浪人のほとんどは喰《く》いかねる。

衣食住足りて、初めて人は人となる。そのすべてを失った浪人は食べていくために、獣となる。斬り取り強盗、ゆすり、たかりと治安を乱す原因となった。そこへ、由井正雪の叛乱である。幕府は、浪人を増やすことを止めざるをえなくなった。

となれば大目付の仕事はなくなる。代わって台頭してきたのが目付であった。目付は本来旗本だけを監査する役目であったが、城中での礼儀礼法の監視も請け負ったことで、強大な権を手にした。城中での振る舞いで大名でさえ咎《とが》められるからだ。もっともそのていどで、家を潰すことはできないが、大目付の恐怖がなくなった大名にとっては、謹慎や登城停止などの罪を言い渡せる目付は面倒な相手である。罪を受けることは家の恥となる。恥を忌避する武家にとって、目付が新たな脅威となった。

こうして目付に座を奪われた大目付は、名前だけの役職へと落ちた。今では、高禄《こうろく》で長く役目を務めた旗本たちの隠居役とまで言われるありさまであった。

「実質の権を失ったとはいえ、大目付は顕官。大目付まで上れば、隠居したあとも安泰であろう。家を継いだ息子は、目通りをすませれば、大番組か書院番組あたりの組頭に任じられる。無役となることはまずない」

その通りであった。親の格が、そのまま息子の出世に影響する。家康が将軍となってから八十年余り、幕府は天下泰平を口実として、世襲色を強めていた。

「…………」

実情をおそろしいほどよく知る綱吉に、松平対馬守が目を剝《む》いた。

「これらすべて、筑前守が躬に教えてくれたのよ」

綱吉の顔がゆがんだ。

「ご大老が」

「それは……」

柳沢吉保と松平対馬守が驚愕《きょうがく》した。

「知ってのとおり、筑前守は苦労してきた。父の遺領を分割してもらい大名となったが、わずか一万三千石しかなく、藩政は火の車だったという。そこへ本家を継いだ兄正信の幕政批判上申と無断帰国だ。幸い、松平伊豆守《いずのかみ》信綱の温情で乱心のうえでの所行となり、本家佐倉《さくら》藩は改易となったが、筑前守に累は及ばなかった。とはいえ、兄のしたことだ。筑前守も遠慮をせねばならず、数年の逼塞《ひっそく》を余儀なくされた」

家光の寵臣《ちょうしん》で追い腹を切った正盛の嫡男正信は、その遺領佐倉十万石を継いだが、いつまで経っても執政衆へ登用されなかった。殉死した家臣の家は厚遇されるのが慣例であるのに、父の遺領はもらえても、役目の引き継ぎはなされない。不満を抱いた正信は、父の同僚であった松平伊豆守、阿倍豊後守忠秋《あべぶんごのかみただあき》らを強烈に批判する文章を幕府へ提出、そのまま国元へ帰っていった。無断での帰国は謀叛《むほん》と同じ。ただちに軍勢を差し向け、正信の首討つべしとの意見が幕閣を席巻《せっけん》したとき、先君に殉じた者の息子を謀叛で討ち取るのは、正盛の忠義を汚すことになる。乱心者として所領を取りあげるだけですませてやるべきと、松平伊豆守が情をかけ、正信は弟脇坂安政《わきさかやすまさ》へ預け、佐倉藩は取りつぶしとの軽い処分ですんだ。

「ようやくほとぼりが冷めて、筑前守は若年寄、老中と出世した。そこに至るまでの苦労がどれほどのものか……」

「…………」

「ううむ」

二人は唸るだけであった。

「これは誰にも話したことはない。そして、二度と口にすることもない。そなたたちだけに聞かせてくれる」

興奮を抑えて綱吉が二人に告げた。

二人が頭を垂れ、聞く体勢に入った。

「先代家綱さまがお亡くなりになられる寸前、そう筑前守が躬を江戸城へ招き入れようとして、夜中に神田館へ参上したときのことだ」

大老酒井雅楽頭の力で五代将軍はほぼ有栖川宮幸仁親王に決まりかけていた。最後の猶予として、唯一反対していた堀田筑前守に与えられた一夜、そう、反対して有栖川宮将軍誕生後に粛清されるか、賛成して生き残るかゆっくり考えろと、酒井雅楽頭の見せた余裕であった。

「躬のもとに来た筑前守はな、最初に問いおった。躬に天下を背負う覚悟があるかと。あるならば、五代将軍として戴《いただ》く。なければ、親藩として遇するとな。躬が答えようとしたとき、それを制して筑前守は付け加えた。将軍になれば、あるのは茨《いばら》の道だけであると。生涯安らかに眠れる夜はなくなり、おだやかに閑を楽しむ暇は与えられぬ。死ぬまで学ばねばなりませぬ。天下人が庶民を知らずして、政などできませぬ。その苦労に耐えるだけの覚悟はできているかと」

「そのようなことがございましたのか」

松平対馬守が感慨の言葉を漏らした。

「躬は応とうなずいた。ならばとその場から江戸城本丸へ入り、家綱さまに会い、五代を譲っていただいた。その翌日から、まさに厳しい勉学が待っていた。朱子学については、多少心得をもっていた躬だったが、そんなもの何の役にも立たぬと知らされたわ。米の出来不出来から値段、金と銭の相場、街道を行き来する旅人の苦労など、いろいろなことを筑前守は遠慮なく、躬にたたきこんでくれた」

懐かしむように綱吉が言った。

「筑前守は厳しかった。躬はほとんど覚えていないが、父とはああいうものなのだろうな」

綱吉は父家光とほとんど触れあっていなかった。高貴な生まれは両親が直接子育てをしなかった。また、家光は母御江与の方に嫌われ、弟忠長だけをかわいがられたという記憶が濃かったため、いっそう吾《わ》が子との接触を避けたこともあり、八歳で死に別れるまで、数えるほどしか顔を合わせたことはなかった。合っても、目通りするだけであり、話をするなど、皆無に近かった。

「筑前守は躬を将軍として育てた恩人である。それにな、筑前守はあの大奥総取り締まり役春日局の養子なのだ。大奥への繋《つな》がりも強い。政と大奥、その両方を使って躬を支えてくれるはずだった。それを奪いおった」

一気に綱吉が感情を爆発させた。

「躬は許さぬ。たとえそれが、御三家であろうが、譜代名門であろうが、筑前守を殺させた者には報いを受けさせる」

綱吉が宣した。

「はっ」

「承りましてございまする」

主君の覚悟を聞かされた柳沢吉保と松平対馬守が一礼した。

三

老中の執務する御用部屋は、お城坊主と書付の清書をおこなう右筆以外の立ち入りは許されていなかった。

「加賀守どの。少しよろしいかの」

「しばしお待ち願いたい」

稲葉美濃守正則に声をかけられた大久保加賀守忠朝が答えた。

「火鉢際で」

「承知」

応諾を見て稲葉美濃守は御用部屋の中央に置かれた大火鉢の前へと移動した。

政には秘密が付きものである。老中たちの席は、一人ずつかなり離れているうえに、両隣との間を高い屏風《びょうぶ》で仕切っている。誰がなんの案件を扱っているか、他からはうかがい知れないようになっていた。

といっても合議を要する案件もある。そのとき、一々屏風を取り払い、席を近づけていたのでは、繁雑に過ぎる。そこで御用部屋の中央に火鉢を置き、そこに合議へ加わる者が集まるようにした。

夏でも火鉢というには理由があった。もちろん、炭火は熾《おこ》されていない。にもかかわらず、火鉢が置かれたのは、灰の上に文字を書くためであった。こうすれば、声を出さなくてすむため、無用な者に話を聞かれる心配もなく、紙に記したときのように後始末を考えなくてもすむ。灰の上の文字である。火箸《ひばし》で撫《な》でれば、跡形もなく消え、その場かぎりとできる。これほど秘密を守るのに適した方法はなかった。

「お待たせをいたした」

しばらくして大久保加賀守が稲葉美濃守の右隣に腰を下ろした。

「ご多用中、あいすまぬ」

稲葉美濃守が詫《わ》びた。

「さっそくだが……」

火箸を手に稲葉美濃守が灰の上に、「筑前守」「調べている者」と字を書いた。

「…………」

書かれた文字を読んだ大久保加賀守が眉《まゆ》をひそめた。

「ふむ」

別の火箸を持った大久保加賀守が「堀田」と書いた。

「いいや」

稲葉美濃守が首を振って「表御番医師」と記した。

「なぜだ」

大久保加賀守が驚愕《きょうがく》の声をあげた。

「加賀守どの、お平らに」

あわてて稲葉美濃守が制した。

御用部屋では密談している他の老中を見ないという暗黙の了解がある。己がそれを破れば、今度はその身に同じ返しが来るとわかっている。老中は二人がどれだけ騒ごうとも、気にしなかった。

問題は右筆とお城坊主であった。

どちらも御用部屋に出入りできるわりに、身分が低かった。身分が低い者ほど禄《ろく》も少ない。与えられた禄だけで生活するのは厳しい。それを補うため、右筆もお城坊主も御用部屋で見聞きしたことを噂として売り、金に換えていた。

次のお手伝い普請はどこの川を補修するとか、今度の御堀浚渫《しゅんせつ》は何月ごろの予定だとか、老中たちの話や書付から、簡単にお城坊主も右筆も知ることができる。となれば、お手伝い普請という名を借りた苦役を避けたいと思う大名たちが放っておくはずもない。何千両、下手すれば何万両という金を遣わされるお手伝い普請である。それを逃れるには、どこよりも早く情報を手にするしかなかった。まだ正式に布告される前ならば、お手伝い普請を他の大名に押しつけることもできる。もちろん、賄賂《わいろ》という金は要るが、それでもはるかに安上がりなのだ。そこで、大名たちはお城坊主や右筆から噂を買った。そして、有益な噂を得るために、右筆とお城坊主は老中の一挙一動を注視している。大声をあげただけで、大久保加賀守と稲葉美濃守がなにかしようとしていると報《しら》せてしまうことになった。

「すまぬ」

大久保加賀守が詫びた。

「…………」

火箸で大久保加賀守が「酒井」と書いた。

「報せるつもりである」

「そうか。ならば」

稲葉美濃守の言葉を受けて、大久保加賀守が火箸で「任」と灰に刻んだ。

「うむ。ただ貴殿もご注意をな」

「お心遣いかたじけなく」

礼を口にしながら、大久保加賀守が灰をならした。


老中の執務は短かった。

朝四つ（午前十時ごろ）の太鼓を合図に登城、下部屋で全員が揃《そろ》うのを待ってから御用部屋に入り、昼八つ（午後二時ごろ）から八つ半（午後三時ごろ）には退出した。もちろん、月番や担当している案件次第によっては、遅くなることも多い。しかし、老中が城を出ないと下役がいつまで経っても帰宅できないため、案件を自宅へ持ち帰ってでも早めに下城するのが心得とされていた。

「お先に」

大久保加賀守が、他の老中へ一礼して御用部屋を出た。

登城は足並みを揃えるが、退出は思い思いである。連れだって帰るときもあるが、ほとんどは仕事のつごうで個々となった。

「ご老中大久保加賀守さま、ご退出なさいまする」

御用部屋を担当しているお城坊主が先触れに走った。こうすることで、老中と鉢合わせする者を排除するのだ。と同時に老中への陳情を願う者へ報せる意味もある。もちろん、あらかじめお城坊主へ心付けを渡しておかなければならない。金を払わず、老中へ会おうとする者は、お城坊主によって排斥された。

「ご老中さまの前を遮られるおつもりか」

お城坊主が大声を出せば、目付が駆けつける。目上の進路を妨害することは、十分礼儀礼法に違反しており、目付の咎《とが》めを受ける。

「なになにさまが、お目通りをと」

金を払っていると、ぎゃくにお城坊主が仲介してくれる。老中といえども、お城坊主なしでは茶も飲めなければ、役人の呼びだしもできないのだ。お城坊主の願いには弱い。

「少しだけだ」

こうやって陳情を受けるが、認めるかどうかは別である。しかし、御用部屋での面会を願える立場でない者にとって、老中の退出は頼みごとをする好機であった。

「聞いておこう」

二人ほどの陳情を受けて、大久保加賀守は中の門から迎えの駕籠《かご》に乗った。

「甚内《じんない》」

「はっ」

屋敷に帰るなり、大久保加賀守が用人鏑木《かぶらぎ》甚内を呼んだ。

「表御番医師矢切良衛という者を存じおるか」

「矢切……ああ、あの御家人から表御番医師となった変わり者でございますな」

すぐに甚内が思いあたった。

「どのような輩だ」

「戦場医師の家柄だそうでございまする。禄は百八十俵」

「小者ではないか」

肥前唐津《ひぜんからつ》九万七千石の藩主から見れば、百八十俵など芥子粒《けしつぶ》のようなものでしかない。大久保加賀守はあきれた。

「表御番医師は二百俵でございますれば、適当なところかと」

甚内が述べた。

「御家人がなぜ表御番医師に」

「今大路兵部太輔の娘婿だそうでございまする」

続いた大久保加賀守の質問に甚内が答えた。

「典薬頭とでは身分が違いすぎよう」

「よくわかりませぬが、腕の立つ医者のもとへ娘を嫁がせるのは、医者の一族のなかでは当たり前のことだとか」

甚内が述べた。

「ということは、矢切は典薬頭が認めるほどの腕前……」

「おそらくは」

「ふむう」

大久保加賀守が思案に入った。

「……殿。矢切がどうかいたしましたので」

少しだけ間を空けて、甚内が問うた。

「筑前守のことを調べているらしい。今日、美濃守どのより聞かされた」

「美濃守さまから……」

甚内が驚いた。

「筑前守の死は、稲葉石見守の手によるもの。これにかんしては、どこからも異論は出ぬ。見ていた者は両手に余るほどおるからな。そのうえ、あの場で討ち果たしたのだ。死人に口なし、ことは乱心で終わった。それを突かれて、石見守を操った者の正体にまで調べが及んでは困る」

「はい」

主君の言葉に甚内が同意した。

「本多《ほんだ》正信《まさのぶ》によって奪われた小田原《おだわら》の地を取り返す。そのために、我らは酒井に与《くみ》したのだ」

大久保家は徳川でもよりぬきの譜代であった。家康の祖父清康《きよやす》の代から仕えた大久保家の分家が加賀守忠朝の家であった。忠朝の祖父忠世《ただよ》が、合戦で手柄を立て、一城を預けられるなど、家康股肱《ここう》の臣となった。その後本能寺の変を受けて、徳川が甲州へ手を伸ばすときの尖兵となり、豊臣秀吉からも称賛される手柄を小田原攻めで立てた。

「小田原には大久保を」

家康を江戸に移した秀吉直々の指名を受け、小田原城主となった大久保忠世は関ヶ原《せきがはら》の合戦でも活躍し、ますます重きをなした。

天下人から褒められる。大きな名誉であり、大久保家は面目を施した。小田原の大久保、天下にその名が響いたのである。

その忠世の後を継いだ忠隣《ただちか》は、秀忠の老中として付けられた。ここに不幸が始まった。

駿府《すんぷ》で大御所として君臨していた家康の参謀、本多佐渡守《さどのかみ》正信と忠隣がぶつかった。いや、隠居しても実権を離そうとしない家康と二代将軍秀忠の代理戦争として、大久保忠隣と本多正信が争った。

もともと大久保忠隣と本多正信の間にはわだかまりがあった。

一つは大久保家が武で家康を支えたのに対し、本多正信は知で補佐した。戦場で血潮を浴びた武将は、後方で策を立てただけの軍師を臆病者《おくびょう》と呼び、策を立てた軍師は槍《やり》を振るうだけの武将を手駒としか考えていなかったこともあり、二人の間はもともと悪かった。

そこに徳川家が天下を取ってしまった。天下を取るだけなら、豊臣秀吉もした。だが、徳川家は豊臣のように一代で終わるわけにはいかない。代を重ねて天下人であり続けると家康は宣した。

幸い、家康には血を引いた男子が何人もいた。代わりに誰を跡継ぎにするかでもめた。乱世ならば産まれた順ではなく、武将としての素質が優先された。でなければ家が潰《つぶ》れるからだ。

だが、家康のお陰で天下から戦が絶えた。となれば、天下人に求められるものも代わってくる。秩序か安寧かである。

本多正信は秩序を選び、嫡男信康亡き後の長子秀康を推した。一方、大久保忠隣は安寧を選び、家康の子供のなかでもっとも大人しい秀忠を立てた。

秀康と秀忠の後継者争いは、家康が安寧を支持したことで秀忠が二代将軍となった。後継者を支えた者は、次代の寵臣《ちょうしん》となる。大久保忠隣は秀忠の老中となった。それに本多正信は嫌がらせをした。

江戸の秀忠が出した令のほとんどを、大御所家康の名前でひっくり返したのだ。

こうして、秀忠にはなんの権威もないことを世間に知らしめた。秀忠は怒ったが、家康に文句を言うことはできないため、本多正信へ復讐《ふくしゅう》した。秀忠は本多正信の息子正純《まさずみ》へ賄賂《わいろ》を受け取ったとの濡《ぬ》れ衣《ぎぬ》を着せ、失脚させた。もちろん、秀忠が直に動いたのではなく、命を受けた大久保忠隣が手配した。

これを恨みに思った本多正信が大久保忠隣を罠《わな》にはめた。大久保忠隣の一門大久保長安《ながやす》が死んだのを利用して、反撃に出た。

金山奉行として天下の金山銀山を差配していた大久保長安に横領の罪有りとして、手を入れたのだ。運の悪いことに、大久保長安は鉱山からのあがりの一部を私腹していたため、一族の大久保忠隣も連座させられ、小田原を取りあげられたうえ、井伊《いい》家へ預かりとなった。ただ大久保家の代々の功績厚きをもって、家名断絶は避けられ、忠隣の孫忠職《ただもと》に二万石が与えられた。

こうして大久保家を徳川の中枢から駆逐するのに成功した本多だったが、家康が死んで庇護《ひご》を失うと、寵臣を奪われた秀忠の復讐にあい、宇都宮釣り天井事件というありさまな冤罪《えんざい》で改易された。

仇敵《きゅうてき》が滅んだのち大久保家は度重なる加増を受け、肥前唐津九万七千石までできたが、まだ大久保家名誉の小田原への復帰はなしていなかった。

「儂《わし》は分家大久保教隆の次男で、跡継ぎのいなかった従兄弟《いとこ》忠職どのの跡を継いだ身でしかないが、小田原へふたたび戻るために、藩主の座に着いたのだ」

「存じておりまする」

「それを邪魔する者を許す気はない。もう、この手は血に濡れたのだ。今さら、一人や二人増えたところでどうということはない」

大久保加賀守が右手を見た。

「お任せくださいまするか」

「頼む」

腹心へ大久保忠朝が託した。

四

患家というのは少し調子がよくなると、医者の注意を忘れる。

「なにをしておられた」

「いえ、ちょっと急ぎの仕事がはいりやしてね。それもあっしでなければ駄目だと、施主さんから言われてしまっては、職人として意気に感じないわけにはいきやせんでしょう」

叱られた大工が、必死に言いわけをした。

「なるほど。で無理をして薬が切れても取りにさえこなかったと。お仕事は無事に終わりましたか」

「へい。これだけの仕事ができるのは、親方だけだって褒められやしてね」

大工の表情が緩んだ。

「さぞかし職人冥利《みょうり》に尽きられましょう」

「さいで」

「祝い酒もおいしかったことでしょうな」

「それはもう」

うれしそうに大工が首肯した。

「では、もう思い残すこともございませぬな」

「えっ」

言われた大工が、顔色を変えた。

「肝の臓の傷みが激しすぎまする。もう、手の施しようがございませぬ」

「せ、先生」

大工が蒼白《そうはく》となった。

「名を残す仕事をされた。職人として満足でございましょう」

「ま、待ってください。では、あっしは」

「…………」

良衛は無言で目をそらした。

「そ、そんなあ。やっとあっしの名前が江戸に知れてきたところだというのに。なんとかしてくださいよ、先生」

泣くような声を大工が出した。

「分が悪すぎまする」

「そこをなんとか……」

「指示通りにしていただけますかな」

「なんでも言われるとおりにやります」

一縷《いちる》の望みに、大工がすがった。

「酒はいっさい飲まない。食事を三度しっかり摂る。夜は日が落ちたら、さっさと寝る。薬はしっかり服用する。これを守れまするか」

「きっと」

大工が首肯した。

「仕事も三月は休まねばなりません」

「そりゃあ無理だ。顎《あご》が干上がってしまう」

食べていけなくなると大工が首を振った。

「では、半年の間、仕事と休み、休みと一日働いたら二日休むことにしていただきましょう」

「三日に一回でやすか。ちと厳しいんでございんすが」

「命がなくなってもよいと……」

氷のような目で良衛が大工を見た。

「ですが……」

「お帰りだ。次の方をお通ししてくれるように」

良衛が助手を務めている三造へ合図した。

「せ、先生……」

「わたくしは助かりたいと思っておられる方を診るので手一杯でございまする。こちらの言うことに従えぬでは、治療に責任がもてませぬ。どうぞ、他へお出《い》でなされ」

あっさりと良衛は切り捨てた。

「こ、この藪。てめえが治せないだけなんだろうが」

大工が憤った。

「さよう」

「へっ」

あっさりと認めた良衛に大工が気を抜かれた。

「医者は神ではない。病のほとんどに医者は勝てぬ。いや、主客をまちがえてはいかぬぞ。病と戦うのは、吾《われ》ではない。病人であるおぬしだ。吾はそれを助けるだけ。本人にやる気のない病人に、いくら手を出しても徒労なだけよ。治ろうと努力せぬ者に貴重な薬を浪費するなど無駄だと思わぬか」

「うっ……」

大工が詰まった。

「旦那《だんな》さま、次のお方をお連れいたしました」

外から三造が告げた。

「うむ。さあ、帰ってくれ。吾は治りたいと思っておられる方を手伝わねばならぬ」

良衛が手を振った。

「…………」

肩を落として大工が診察室を出て行った。

「三造……」

「お任せを」

声をかけた良衛へ三造がうなずいた。

「さて、これは三河屋のお内儀。咳《せき》は止まれたか」

「おかげさまで、ずいぶんとましになりましてございまする」

四十歳ほどの女が頭を下げた。

「それは重畳。熱などは出ませぬか」

「まったく」

「どうやら、労咳《ろうがい》ではないようでございますな。なにか喉《のど》か肺腑《はいふ》に悪いものが入っただけでございましょう」

「よかった……」

内儀が安心のため息を漏らした。

「口を開けてください」

良衛は内儀の口を覗《のぞ》きこみ、舌の色を確認した。

「油断はできませぬが、薬はもうよろしいでしょう。あとは滋養のよいものを摂られればよいかと」

「先生、もう少しだけお薬をいただきたいのでございまするが。お守りの代わりに」

内儀が投薬を願った。

「わかりましてござる。では、十日分だけ用意いたしましょう。明日《あした》にでも、誰か取りによこしてくだされ。三造、桜皮をな」

「はい」

大工を見送って戻ってきていた三造が首肯した。

桜の皮を薄く削いで、乾燥させて細かく刻んだものを、じっくりと煮だした汁は、咳を抑える妙薬であった。

「ありがとうございました」

礼を言って内儀が帰っていった。

「旦那さま」

「少しは大人しくなったか」

大工の様子を良衛は問うた。

「相当こたえたようでございますよ」

三造が笑った。

「これも患家のためだ」

息を吐きながら、良衛は診療録に筆を置いた。

「今度来たならば、鬱金《うこん》を用意してやってくれ。それに少し人参を足してくれ」

「よろしいので」

人参と聞いた三造が確認した。人参は高い。よほど裕福でもなければ、手が届かなかった。職人ではまず支払えない。

「もとは堀田さまからもらった駕籠《かご》代だ。診療もせずにもらったあぶく銭で買ったものを惜しむのは、よくないだろう」

「はい」

良衛の発言に三造がほほえんだ。


屋敷での治療の翌朝は登城である。良衛は三造に薬箱と弁当を持たせて、江戸城へと向かった。

「ここでいい」

大手門前で荷物を受け取った良衛は三造を帰した。

「おはようございまする」

「うむ」

宿直していた医師たちから、異常がなかったかどうかを聞き、なにもなければ、待機に入る。それが表御番医師の一日であった。

昼の弁当を遣い、眠気と戦いながら薬研《やげん》で調薬をしていた良衛のもとへ、お城坊主が近づいてきた。

「矢切さま。稲葉美濃守さまがお呼びでございまする」

小声でお城坊主が告げた。

「ご老中がか」

やはり良衛も声を潜めた。

「はい」

お城坊主が肯定した。

「御用部屋へか」

「いいえ。黒書院の溜《たまり》でお待ちになるようにとのことでございまする」

問うた良衛へ、お城坊主が告げた。

「承知いたした」

良衛に老中の呼びだしを拒む力はなかった。

すぐに良衛は、医師溜を出た。

幕府の式典に使用される黒書院には、その準備のための小部屋が付属していた。もともとは、黒書院での下働きをする小者たちの控えでもあったが、出入り口が廊下に面した一ヵ所だけのうえ、庭へ出っ張るような感じで建てられているなど、周囲の目を気にしなくてよいことから、いつの間にか要職たちの密談場所として使われるようになっていた。

「老中が表御番医師を黒書院溜へ呼ぶ。当たり前のことだが……」

黒書院溜で稲葉美濃守を待ちながら、良衛は独りごちた。幕府の最高権力者である老中に敵は多い。どうにかしてその足を引っ張り、引きずり降ろして、その後釜《あとがま》に座りたいと考えている者は、若年寄、京都所司代、大坂城代と枚挙に暇がない。だけに、老中は一切の弱みを出せなかった。なかでも病弱という噂は致命傷になった。

幕府すべてを五名ほどで取り仕切る老中は多忙を極める。誰一人として、余裕はない。執政としての職務をぎりぎりで保っている状況で、一人でも倒れられれば大事であった。政はどれをとっても待ったなしなのだ。倒れたぶんの仕事を他の者で分担しなければならなくなる。そうなれば、他の者が疲れ果ててしまう。それこそ、倒れる者が続出しかねなくなるのだ。当然、病を得た者は、できるだけ早く後任を決めて、身を退かなければならない。そう、執政者にとって病は、決して表沙汰《おもてざた》にできなかった。

稲葉美濃守が、密談部屋で医師に会うのは、不思議でもなんでもなかった。

「なれど、なぜ吾《われ》なのか」

良衛は首をかしげた。良衛は外道医である。外道といえば、傷が主であり、病は範《はん》疇《ちゅう》には入らない。

「聞くまでわからぬか」

医者は臨機応変である。良衛は悩むのを止めた。

「待たせたな」

たっぷり半刻《とき》（約一時間）ほど経って、ようやく稲葉美濃守が黒書院溜へとやって来た。

「いえ。ご多忙は承知いたしておりまする」

待たされたほうが頭を下げる。理不尽ではあるが、身分の差であった。

「どこかお悪いのでございましょうか」

早速良衛は医師の仕事を始めた。

「いや、余はなんともない」

稲葉美濃守が否定した。

「では、なぜ、わたくしをお呼びに」

良衛は訊《き》いた。

「そなた、堀田正虎のもとへ出入りしているそうだの」

「……たしかに二度ほど往診を求められましたが」

予期せぬ名前が稲葉美濃守の口から出たことに、良衛は警戒した。

「もう行くな」

稲葉美濃守が命じた。

「それは……」

良衛が絶句した。

「堀田家の跡目相続がまもなく決まる。表御番医師がかかわったという噂が流れては、つごうが悪かろう」

「かかわった……」

みょうな言い方に、良衛は引っかかった。

「わかったな」

それだけ言うと稲葉美濃守が背を向けた。

「お待ちを。どういう意味でございましょう」

「……堀田は吾《わ》が一門である」

「それは存じておりまする」

堀田筑前守の祖母は、稲葉家から嫁いできた。老中稲葉美濃守と、堀田筑前守は従兄弟《いとこ》にあたった。近い親類であるうえに、老中という権力者でもある。堀田の家督に稲葉美濃守が口を挟むのは不思議でもなんでもなかった。いや、むしろ当然であった。いかに死した堀田筑前守が将軍綱吉の恩人であっても、殿中刃傷《にんじょう》という騒動を起こしたのだ。喧嘩両成敗《けんかりょうせいばい》が基本の幕府である。無傷で堀田家を継承させるのは、難しい。老中という後ろ盾はなんとしてでも欲しい。堀田家から次期当主の裁定を稲葉美濃守に願ってもおかしくはなかった。

「堀田には傷が付いた。それも二度目だ。一度ならば、先代加賀守正盛どのの殉死でまかなえる。だが、二度目は無理だ。いかに殉死した者の家は厚遇されるのが慣例とはいえ、無限ではない。そのようなことをすれば、今後将軍の臨終ごとに幕臣全部が殉じかねぬ。殉死した家の優遇にも限度があると知らしめる好機だと、今回のことを考えている幕閣がいる。このままでは、堀田家の存亡が危ぶまれる。そこで、儂《わし》が出ることになった」

稲葉美濃守が説明した。

長く老中を務めた稲葉美濃守の影響力は大きい。堀田家の継承に稲葉美濃守が絡んだと聞けば、あからさまに敵対をする者はいなくなる。

「いえ、ご老中さまが堀田さまのご家督に手をお貸しになられるのは、当然でございましょう。しかし、わたくしが家督にかかわるようなおっしゃり方の真意をお伺いしたく」

良衛にとって堀田家の家督などどうでもいい。たしかに堀田家の上屋敷が襲われたときの手助けしたり、堀田正虎の招聘《しょうへい》を受けてはいる。だからといって良衛には堀田家と繋《つな》がるつもりは毛頭なかった。

「儂の言ったことがわからぬほど、そなたは愚かなのか。愚かな者を奥医師にするわけにはいかぬぞ。いかに典薬頭の一門とはいえ、役に立たぬ者は要らぬ」

冷たい目で稲葉美濃守が、良衛を見下ろした。

「奥医師に求められるのは、第一に政の機微である」

「……………」

医師にとって何より大切なのは、医術でなければならなかった。しかし、将軍の側近くに侍《はべ》るとなれば、それだけではやっていけない。そのくらいは良衛も理解していた。

「正虎さまが家督をお継ぎになられると」

「さてな。だが、双子とはいえ、弟が兄を押しのけるには、相応の事情がいる」

「相応の事情……」

そこまで言われて気づかないほど、良衛も愚かではなかった。

「わたくしが毒を……」

良衛は憤慨した。

「ふん。堀田筑前守が死ぬまで、出入りしたこともない医者が、双子の弟のもとにかよう。しかも評判の南蛮医だ。これでもし、兄の正仲が急死したとなれば……世間はどうみるかの。家督を継げず、他家へやられるしかなかった弟が当主になったとすればだ」

言いながら稲葉美濃守が良衛から目を離した。

「世間は怖い。噂だけで人を殺す。毒を遣ったと噂された医師のもとへ、患者は通うか」

「…………」

良衛は黙るしかなかった。

「わかったな。二度と堀田家へ近づくな」

言葉を失った良衛を残して、稲葉美濃守が黒書院溜を出ていった。

第四章　継いだ想い

一

酒井河内守忠挙《こうちのかみただたか》は、小川町《おがわちょう》の上屋敷で鬱々《うつうつ》とした日を過ごしていた。酒井河内守忠挙は、宮将軍擁立をはかって失敗し失脚した酒井雅楽頭忠清の長男である。名門酒井家の跡取りとして生まれ、わずか二歳で四代将軍家綱に拝謁し、十四歳で従五位下河内守に任官、三年で従四位下に累進、二十二歳のとき、部屋住みの身分ながら二万石を与えられた。家綱の信任も厚く、父忠清に代わって殿中儀礼を司るように命じられたり、将軍外出の際の先立ちを任せられるなど、将来を嘱望されていた。

しかし、父酒井雅楽頭が、五代将軍擁立の騒動に敗退したことで、河内守忠挙の運命は一転した。

父酒井雅楽頭の隠居に伴う家督相続は許されたが、河内守忠挙に与えられていた所領は没収され、禄高《ろくだか》は十五万石から十三万石へ減らされた。とはいえ、父酒井雅楽頭のやったことから考えると、藩を潰《つぶ》されなかっただけましなのだ。それだけ次代の権力者を敵に回した影響は大きい。

いや、それ以上の咎《とが》めがなかったことが、いっそう忠挙を不安にしていた。減禄あるいは、僻地《へきち》への移転など、報復があれば、それで終わったと安心できる。それを綱吉はしていなかった。

「館林め」

酒を含みながら、河内守忠挙が吐き捨てた。

「徳川を継げる身分ではない枝葉の分際で……」

河内守忠挙が苦虫《にがむし》を嚙《か》みつぶしたような顔をした。

「飾りならば飾りらしく、執政のなすことに口出しをするな。しかもすんだことを蒸し返すなど、女々しいにもほどがある」

綱吉が将軍となって最初にやったことは、越後騒動の再審理であった。

越後騒動とは徳川家康の曾孫《ひいまご》であり、結城秀康の血を引く松平光長《みつなが》の領していた高田藩二十六万石に起こったお家騒動である。

ことの発端は、寛文《かんぶん》五年（一六六五）に高田《たかだ》を襲った大地震であった。地震によって、高田城下は崩壊、名家老として知られた小栗五郎左衛門《おぐりごろうざえもん》、荻田隼人《おぎたはやと》が倒壊家屋の下敷きとなって死亡してしまった。

小栗五郎左衛門の跡を継いだ美作《みまさか》は、父に劣らぬ辣腕《らつわん》家であった。壊滅した高田城下の復興にと幕府から五万両もの大金を借りだしただけでなく、殖産興業を推奨し、高田藩の建て直しを図った。また、藩士たちに与えていた知行所を取りあげ、かわりに蔵米を支給する形に変え、藩財政の基盤強化に努めた。おかげで高田藩は隆盛を迎えた。

しかし、これが最初の火種となった。知行所とは何石分の米が取れる領地のことで、藩士はそこから年貢を取り、生計を立てていた。もちろん、同額の蔵米は支給されたが、実質は減収であった。というのは、知行所は表高よりも、実高のほうが多かったのだ。幕初から六十年を過ぎ、農業の技術も進化していた。ために表高の倍近い実収を得ていたほとんどの者が収入減となった。

形としては出て来ない減収を押しつけられた藩士の不満はたまった。そこへ、小栗美作の功績を認めた藩主光長が、妹を嫁にやった。そして男子ができた。

光長の跡継ぎ綱賢《つなかた》が生存していれば、このまま不満は沈静し、高田藩の名家老として小栗美作の名前は残っただろう。しかし、綱賢は家を継ぐ前に死んでしまった。そして、他に光長には子がなかった。

跡継ぎなしは、改易と幕法に決められている。あわてて高田藩は、跡継ぎの選定に走った。ここで小栗美作と光長の妹との間に生まれた男子、大六も候補に挙がった。といったところで大六は家臣筋、結局は一門で光長の甥《おい》にあたる永見万徳丸《ながみまんとくまる》が世継ぎに決まった。

大六が選ばれなかった。これを小栗美作凋落《ちょうらく》の証ととった藩政に不満を持つ家臣たちが利用した。小栗美作が、吾《わ》が子大六を藩主とするため、万徳丸の命を狙っているという噂を城下に流したのだ。

「小栗美作は、藩を乗っ取る逆意者である」

たちまち噂は城下を席巻《せっけん》し、押さえつけられていた藩士たちが連判状を作り、自らをお為方と称して、光長へ小栗美作の罷免を願い出た。

高田藩士のほとんどといえる八百九十名からの連判状を無視するわけにはいかず、光長は小栗美作を隠居させた。これで騒動は収まったかに見えたが、家中の不満は根深かった。家中の不穏な雰囲気をなんとか沈静させようとした光長だったが、ついに万策尽きた。家中騒動となれば、藩は取りつぶし、藩主光長はどこかの大名に預けられるか、大幅に領地を減らされたうえ、僻地へ動かされるかされる。ならば、最初から幕府へ任せてしまえと、光長は酒井雅楽頭へ仲裁を求めた。

「将軍家のご一門を支える家臣が割れてどうする。先祖代々の恩義を忘れ、藩主公に迷惑を掛けるのは論外である。和解を致せ」

酒井雅楽頭は、どちらかを罰するのではなく、和解を命じて、ことを丸く収めようとした。しかし、藩主が君として対応できなかったことが、騒動の火種を残した。藩主光長が、参勤交代で高田を離れたとき、国元でお為方による小栗美作排斥が再燃、和解を奨めた幕閣の意向を無視された形となった酒井雅楽頭が激怒した。

酒井雅楽頭はお為方の重鎮を、大名預けの処分とすることで、小栗美作へ軍配をあげた。

「小栗め、金を大老に贈ったな」

負けたお為方の藩士が邪推、二百名をこえる藩士が高田藩から去る事態となった。ただし、高田藩は石高を減らされることもなく、存続した。それがいっそう酒井雅楽頭への疑義を深める結果となった。

「父は賄賂《わいろ》など受け取らぬ」

思い出して河内守忠挙が憤慨した。

下馬将軍とまで言われた権力者酒井雅楽頭へ誼《よしみ》をつうじようとする者は多く、いろいろなものが贈られたのはたしかであった。

しかし、酒井雅楽頭から金を要求することなどなかった。

「あれで高田騒動は終わったはずだ。藩主で家康さまの曾孫にあたる光長公に傷もつかず、高田藩は万徳丸さまに受け継がれていくはずだった」

河内守忠挙が、酒をあおった。

「それを綱吉がひっくり返した」

宮将軍を立てようとした酒井雅楽頭の思惑を破って、五代将軍となった綱吉は、酒井雅楽頭の事績を否定し始めた。それにお為方がつけこんだ。

お為方が、酒井雅楽頭に代わって大老となった堀田筑前守正俊に、再審を願い出たのだ。待ってましたと綱吉は、再審理を命じた。

綱吉にとって酒井雅楽頭にかかわるすべてが敵であった。

酒井雅楽頭が五代将軍として擁立しようとしていた有栖川宮の父、高松宮の正室が妹だったことも光長にとって不幸だった。

延宝九年（一六八一）六月、綱吉は高田騒動の結審を告げた。逆意方小栗美作とその子大六に切腹を言い渡し、お為方の首謀者も流罪という、逆意方に重いが喧嘩両成《けんかりょうせい》敗《ばい》であった。付け加えて、綱吉は家中取り締まり不行き届きとして、光長を伊予《いよ》松山へ、万徳丸を備後福山《びんごふくやま》へ預け、高田藩を改易に処した。

さらに綱吉は、一回目の裁定に加わった幕臣たちまで罪に問うた。

幸か不幸か、騒動を担当した執政、酒井雅楽頭と老中久世大和守《くぜやまとのかみ》はすでに死去していたため、その子供たちに逼塞《ひっそく》という軽い処分が下された。悲惨だったのは担当の大目付であった渡辺綱貞《わたなべつなさだ》である。本人は家禄《かろく》没収の上、八丈島《はちじょうじま》へ遠島、三人の子供たちは大名預けという厳しい処断を受けた。

他にも高田松平家の一門、姫路松平直矩《なおのり》が閉門の上、天和《てんな》二年（一六八二）八万石を減じたうえで、豊後日田《ひた》へ転封、出雲広瀬《いずもひろせ》松平近栄《ちかひで》も閉門ののち、半知召しあげとなった。

越後騒動再審は、綱吉の厳格さを世に示したと同時に、酒井雅楽頭の審理を逆意方によった手落ちだとした。賄賂を受け取って手心を加えたとまでは言わなかったが、綱吉は暗にそれを示唆して、酒井雅楽頭の名前を貶《おと》しめた。

「父の裁定をまったく無にしてくれた。おかげで父の名は地に落ちた」

家を継いだばかりの酒井河内守忠挙も逼塞を命じられた。

逼塞は、門を閉ざし、日中の出入りを遠慮しなければならない。遠慮より重く、閉門よりも軽いが、罪を受けた記録は残る。

さすがに死人への嫌がらせは長く続けられず、河内守忠挙の逼塞は半年ほどで免じられたが、酒井家は家格を一つ落とされただけでなく、家督とともに奏者番へと就任する慣例も差し止められていた。

「このままでは、先祖に顔向けができぬ」

酒井家は遠く徳川家と祖を同じくする三河以来の名門である。当主は代々、執政を務めて、幕政の中心にあった。その酒井家に落日が訪れていた。

「なんとしてでも、返り咲かねば。誰か、主計《かずえ》を呼べ」

盃《さかずき》を置いて、酒井河内守忠挙が手を叩《たた》いた。

「……お召しと伺いましたが」

「来たか、主計。近くへ来い」

河内守忠挙が顔を出した家老斎藤《さいとう》主計へ命じた。

「……殿、あまりご酒が過ぎるのはいかがかと」

斎藤主計が苦言を呈した。

「呑《の》まずにおれるか。未だ、酒井家にはなんの音沙汰《おとさた》もないではないか。なんのために、石見を籠絡《ろうらく》したのかわからぬぞ」

河内守忠挙が大声を出した。

「父が望んだ執権の座は、堀田筑前守によって失われ、酒井家は執政の座を奪われた。徳川にとって格別な家柄を賭けてまで挑んだ父の無念さが、わからぬか」

叫ぶように河内守忠挙が言った。

「お平らに、殿。屋敷の内とはいえ、誰が聞いているかわかりませぬ」

両手を上下にゆすって、斎藤主計が宥《なだ》めた。

「隠密《おんみつ》か」

さっと河内守忠挙の顔色がなくなった。

「この上屋敷は厳重に警戒をしいておりまするが、お気をつけくださいますよう」

「わかった」

河内守忠挙が首肯した。

「お焦りになられまするな」

「焦るのも当然であろう。酒井家を残すためとはいえ、大老を殺したのだぞ。あのままいけば、綱吉によって酒井家は潰《つぶ》された。それを防ぐために、綱吉の手足ともいうべき筑前守を害したのだ。父の墓を暴こうとしたあれ以来、なれど、なんの動きも綱吉は見せぬ」

疑心暗鬼に河内守忠挙は陥っていた。

越後騒動の再審が始まり、いよいよ綱吉の裁決が出るとなった延宝九年五月、酒井雅楽頭忠清が死んだ。すでに世情では、前回の越後騒動で酒井雅楽頭が下した決断が、ひっくり返されるのはまちがいないと言われていた時期である。

「自害したのではないか」

綱吉が酒井雅楽頭の死を疑ったのも当然であった。大老として越後騒動の裁断をおこなったのだ。それに落ち度があるとされれば、責任を追及されることになる。政に加わる者は、敵の処し方をよく知っている。弱みを見つければ、徹底して叩き、二度と立ち上がれないようにする。そうしないと、次に地に這《は》うことになるのは己なのだ。

綱吉が酒井雅楽頭の失策を見逃すはずはない。それこそ酒井雅楽頭一人ではなく、一族郎党まで罪に落としかねない。ただし、酒井家ほどの功績ある家を、いかに将軍とはいえ、自儘にはできなかった。酒井雅楽頭を評定所へ呼び出し、そこで審理しなければならない。つまり、評定所へ出られなければ、罪に問えないのだ。病くらいならば、無理でも連れ出す。そう考えていた綱吉でも、死人を評定所へ呼び出すことはできなかった。酒井雅楽頭が死んだことで、絶好の報復の機を奪われた綱吉は激怒し、検死するように命じた。自害ならば、つごうが悪いから死んだとわかる。そうなれば、死人にむち打つことができる。

しかし、酒井家に近かった大名によって邪魔されているあいだに、雅楽頭は荼毘《だび》にふされ、真相は闇に葬られた。

「落ち着かれませ。殿が手を下されたわけではございませぬ。下手人は稲葉石見守さま」

興奮する河内守忠挙を斎藤主計が必死に押さえた。

「そそのかしたのは、余じゃ」

「繋《つな》がりさえ見えなければ、大事ございませぬ。証拠はすべて先代さまが、墓にお持ちくださりました」

子供をあやすように斎藤主計が、ゆっくりと言った。酒井雅楽頭の墓は国元である前橋に葬られている。将軍といえどもそうそう手出しはできなかった。

「ばれぬか」

「はい。決して」

大きく斎藤主計がうなずいた。

「…………」

ようやく河内守忠挙が落ち着いた。

「わたくしにお任せをくださいませ。殿はただ稔《みの》りを摑《つか》まれるだけでよろしゅうございまする」

「頼んだぞ」

河内守忠挙が述べた。

「はい。畏《おそ》れ入りまするが、つきましては少しばかり……」

「金ならば、要りようなだけ、勘定奉行へ申せ。余の命じゃというてな。千両がたとえ万両であろうとも、取り戻すに大老となれば一年かからぬわ」

笑いを河内守忠挙が浮かべた。

事実であった。こちらからは一度も催促などしたことはなかったにもかかわらず、大手門前にあった上屋敷には、毎日音物を持った客が市をなしていた。

なにせ嫡子にすぎない河内守忠挙の屋敷にさえ、父雅楽頭忠清との仲介を願う者たちが、列を成してやってきていた。それらを献残屋に売っただけで、千両以上になったのだ。大老ともなれば、その十倍などは軽い。

「では、ご免を」

機嫌をなおした主君に、斎藤主計が平伏した。

二

翌朝勘定方から百両の金を出させた斎藤主計は吉原へと向かった。

「これは、斎藤さま、ようこそのお見えでございまする」

吉原一の遊郭三《み》浦屋《うらや》四《し》郎左《ろうざ》衛門《えもん》へ揚がった斎藤主計の前に、見世の主があいさつに出た。

「来ているかの。甚内どのは」

「鏑木さまでございまするか。大久保さま御家中の。いえ、まだ」

三浦屋四郎左衛門が首を振った。

「お約束でも」

「そういうわけではないが……。呼びだしをかけてくれるか」

遊郭の主は、人扱いされない身分であるが、斎藤主計の応対はていねいであった。

というのは、吉原は江戸で唯一の公認遊郭だからであった。その大見世ともなると幕府の役人や、大名が客でかよっている。三浦屋四郎左衛門はその上客とさしで話ができるのだ。どこでどう回って、影響が出てくるかも知れなかった。

「少しお時間をいただきまするが」

斎藤主計の求めに、三浦屋四郎左衛門が確認した。人を使いにやり、相手に足を運んでもらうことになる。江戸のはずれ日本堤の吉原からだと、たっぷり半日はかかる。

「かまわぬゆえ、頼む」

「承知いたしました。それまでは、見越大夫《みこしたゆう》をお相手に」

「そうしてくれ」

「こちらは、ただちに」

そう言って三浦屋四郎左衛門が下がっていった。

女の仕度には手間がかかる。とくに吉原は客を平気で待たせた。これは、大夫に僭称ながら松の位があるといい、十万石の格式をもって動いていたからであった。

「ごめんなし」

半刻《とき》（約一時間）ほど経って、ようやく先触れの童女が顔を出した。

「大夫さま、お見えでございまする」

吉原では遊女、なかでも大夫が最上位であった。たとえ客が大名であっても、大夫が勝った。

「えええい」

かけ声をあげた大夫の先導役の妹遊女が露払いとして座敷へ入って、その後ろに見越大夫が続いた。

「…………」

無言で見越大夫が床の間の前へと腰をおろした。

「相変わらず、美しいの」

「……お誉めいただきかたじけのう」

感嘆する斎藤主計へ、見越大夫が軽く小首を曲げて礼を述べた。吉原一の大見世、三浦屋とはいえ、大夫と呼ばれる格の遊女は三人しかいなかった。見目麗しいのは当然だが、それだけで大夫にはなれなかった。大名や豪商などの相手をするだけの教養と知性が要った。吉原全体でも十人ほどしかいない大夫の見識は高く、金で買われた遊女でありながら、気に入らない客を振ることも許されていた。

「まずは一献だ」

斎藤主計が、側近くに座った童女へ、酒の入った瓶子を渡した。

大夫との酒席は直接のやりとりをしない。間を童女が行き来して、酒を酌み交わす。

「…………」

無言で大夫は盃《さかずき》を受けた。

大夫は酒席でほとんど口をきかなかった。これも権威付けであった。そのぶんを、大夫についてきた遊女たちが、舞を見せたりして盛りあげるのだ。

「見事、見事。これをやろう」

目的にした女ではない遊女の芸を、客は讃《たた》え心付けをやらなければならない。斎藤主計が懐紙に包んだ金を出した。

「大夫」

妹遊女が大夫へ問いかけた。

「お気遣いありがたく」

鷹揚《おうよう》に大夫がうなずいて、妹遊女はようやく心付けを受け取れる。

そんなことをしてやはり半刻以上騒いで、ようやく床入りとなった。

「中座を」

最初に大夫が出ていき、しばらくして斎藤主計が童女の案内で大夫の居室へ移る。

そこにはすでに床が用意され、豪華な衣装を脱いで緋《ひ》の襦袢《じゅばん》一枚となった大夫が横になっていた。

「斎藤さま」

ことが終わるのを見ていたかのように、襖《ふすま》の外から三浦屋四郎左衛門の声がした。

「鏑木さまがお見えでございまする」

「わかった。大夫」

「はい」

閨《ねや》では大夫が客に尽くす。いつまでも高慢では、客がこなくなる。すばやく斎藤主計の後始末をした見越大夫が、己の股間《こかん》を拭《ぬぐ》うこともなく、裸のまま斎藤主計の身支度を手伝った。

「また近いうちに来る」

「お待ちいたしておりまする」

襦袢を羽織っただけの姿で、見越大夫が手をついて斎藤主計を送り出した。

「呼び出しておきながら、待たせたか」

「いや、儂《わし》も来たばかりだ」

先ほどの座敷で、遊女相手に老中大久保加賀守の用人、鏑木甚内が酒を飲んでいた。

「しばらく外してくれ」

鏑木甚内が遊女を下がらせた。

「どうした」

盃を置いて鏑木甚内が問うた。

「殿のことよ」

「そちらもか」

斎藤主計の答えを聞いた鏑木甚内が苦い顔をした。

「ということは……」

「我が殿も心乱しておられる」

「ううむ」

二人して顔を見合わせた。

「ようやく最初の階《きざはし》をこえたところで、これではの」

「殿が我慢できなくなられたら、我らの苦労が無になりかねぬ」

鏑木甚内と斎藤主計が嘆息した。

「吾《わ》が殿稲葉石見守を唆し……」

後を促すように鏑木甚内が最後を濁した。

「吾が殿をして稲葉石見守を討たせた」

受けるように斎藤主計が言った。

「ようやく最大の障害を排除した。あとは、我が殿が上様の信頼を受け、酒井さまを引きあげるだけ」

斎藤主計が続けた。

「我が殿の逼塞《ひっそく》が解けたのは、大久保加賀守さまのお口添えがあればこそとはいえ、憎いのは先代酒井雅楽頭さまだけと上様が言われたに等しい。あと二年も我慢すれば、酒井家代々の名乗り雅楽頭と若年寄はまちがいない」

「さよう。上様は堀田筑前守の言いなりであった。つまり、傀儡《かいらい》。本来将軍となられるお方ではなかった」

「そうだ。堀田筑前守が、権を握りたいがために立てたお方」

鏑木甚内も同意した。

将軍は江戸城の奥深くで、厳重に守られている。陪臣では、その姿を見ることさえできない。綱吉の真実を世間はまだ知らなかった。

「今は堀田筑前守の刃傷《にんじょう》で幕政も混乱しているが、政は一日たりとても停滞を許されぬ。当然、堀田筑前守へ一任していた上様にはなにもできぬ。となれば、頼るはもっとも長く老中職にある大久保加賀守さまだけ」

持ちあげるように斎藤主計が言った。

「我が主にお任せあれ。老中筆頭となれば、かならず酒井さまを御用部屋へお招きしよう」

大きく鏑木甚内が首肯した。

「ところで、一つ問題がござってな」

すっと鏑木甚内が表情を変えた。

「どうなされた」

「一人、刃傷のことを調べておる者がおりましてな」

「なんと。いったい誰が」

斎藤主計が訊《き》いた。

「矢切良衛と申す表御番医師でござる」

「表御番医師がなぜ……」

「わかりませぬ。が、何度か堀田家に往診しているようでござれば、そちらから依頼を受けたのやも」

鏑木甚内が告げた。

「堀田家にかかわりのある医者……」

難しい顔を斎藤主計がした。

「……放置しておくのはよろしくなさそうでございますな」

少し考えた斎藤主計が鏑木甚内を見た。

「お手伝い願えまするか」

「さすがに藩士を使うわけには参りませぬが、金はいくら遣ってもよいと主より許されておりますれば、浪人を雇い入れましょう」

「よしなに」

斎藤主計の案を聞いた鏑木甚内が頭をさげた。

「一応、こちらも手は打っておきまする」

「頼みまする」

鏑木甚内の言葉に斎藤主計が一礼した。

「ことが明らかになれば、お互い身の破滅でござる。わずかな躓《つまず》きも許されませぬ。路傍の小石に近い表御番医師ではござるが、取り除いておけば安心」

「いかにも」

二人が顔を見合わせてうなずいた。

「では、本日は前祝いといたしましょう。甚内どのは、どこか馴染《なじ》みの見世をお持ちか」

「そこの卍《まんじ》屋に馴染みの遊女がおりまする」

問われた鏑木甚内が述べた。

「それは残念でござるな。ぜひ、三浦屋の遊女をお試しいただきたかったのだが」

斎藤主計が小さく首を振った。

吉原では、二度以上抱いた女を馴染みと呼んだ。そして馴染みを持つ客に、他の遊女への手出しを禁じていた。破れば莫大《ばくだい》な手切れ金を要求される。

「ならば、酒だけでも馳走させていただきたい」

「遠慮なくいただこう」

斎藤主計のおごりで、鏑木甚内はたらふく飲み食いをした。

三

慶安の変を経験して、幕府は浪人者への取り締まりを強化した。居所のはっきりしない浪人者は、町奉行によって捕縛され、江戸から追放されたりした。おかげで江戸の治安はよくなったように見えたが、町奉行の手の及ばない深川《ふかがわ》や品川を始めとする四宿などは、逆に追われた浪人者が流れこみ、いっそう悪化していた。

「久しぶりだの。江戸の町中は」

両国橋《りょうごくばし》を渡り終えた浪人者が、足を止めた。

「止まるなよ。迷惑だろう」

後ろに続いていた浪人が、文句を言った。

「そう言うな。こういう姿をするのも何年振りか。まだ主家があったときゆえ、二十年になるかな」

壮年の浪人者が、羽織の両袖《りょうそで》を引っ張った。二人の浪人者は、きっちり羽織と袴《はかま》を着け、月代《さかやき》を剃《そ》ってどこぞの藩士のような格好をしていた。

「普段の姿では、すぐに町奉行所へ引っ張られるからな」

もう一人も苦笑した。

「報償の金以外に、この衣服ももらえるとは、うまい仕事だの。これらを売れば、一分はかたいぞ」

「ことが成功してからの話であろう、成瀬《なるせ》氏」

「たしかにそうであったな、菊地《きくち》氏」

侍口調になった二人が歩き出した。

「似合わぬ」

「しかたあるまい。ときは人を変えるものだ。このような言葉遣いは長くしていなかったのだ」

菊地が苦笑し、成瀬が嘆息した。

「なんの心配もしていなかったの。あのころは。ずっと禄《ろく》を受け継いでいけるとばかり思っていた」

しみじみと成瀬が言った。

「うむ。若かった殿が、あんなにあっさり病で亡くなるとは思いもしなかったわ」

重い声で菊地が応えた。

「まだ十六歳であられたからなあ。正室も迎えられたばかり、側室などなく、跡継ぎがいなかった。いや、いなくて当たり前」

　成瀬も思い出すかのように言った。

　跡継ぎなしは断絶。また、死の直前におこなった末期養子も認められなかった。こうして潰《つぶ》された大名は多い。慶安の役と呼ばれる由井正雪の乱を受けて、ようやく幕府は末期養子の条件を緩めたが、十七歳から五十歳までとの枠があった。後、この条件も緩和されるが、二人の主君はその前に死んだため、藩は取り潰された。

「神田か。ここであったな、上屋敷は」

　さして大きくない屋敷の門を、成瀬が見上げた。

「ああ、思い出したぞ。右の門柱の大きな節穴はよく覚えている」

　菊地がなんともいえない表情をした。

「皆はどうしておるかの」

「さあ、生きているかどうかさえわからぬ。運良く再仕官できた者などほとんどいなかったからな。蓄えを食いつぶし、持てるものを売り払ったあとは……」

　懐かしむ成瀬へ、菊地が苦い声を出した。

「妻を、娘を金にするか、我らのように無頼に落ちるか。あれさえなくば、我らもあの藩士たちのように、誇らしげに道を歩けた……」

　門を出てきた藩士を見て、成瀬が羨望《せんぼう》の眼差しを向けた。

「行くぞ。過去を懐かしむ前に、明日《あした》の金を稼がねばな」

落ちこむ成瀬を菊地が促した。

「ああ。たしか神田駿河台だったな」

「そうだ。ここからならば、指呼の間よ」

確認する成瀬へ菊地が首肯した。

「表御番医師といえば、役目があるのではないか。いるのかの、屋敷に」

「話を持って来た者によると、非番ならば患家がいるのでわかるそうだ」

菊地が述べた。

「患家のいる医者を殺すか」

かつての藩邸を目の当たりにしたせいか、成瀬が嘆息した。

「今さら仏心を出すな。そのようなもの、最初に金欲しさで人を斬ったとき捨てたはずだ」

「……うむ」

「命乞《いのちご》いをする商人を殺した金で、腹一杯飯を喰《く》ったとき、どう感じた。儂《わし》は、これで死なずにすんだと思った」

「米の飯はここまでうまいのかと思ったな」

成瀬が答えた。

「あれから何度おなじことをした。そのおかげで我らは生きている。仏心を出すならば、ここから帰って、飢えて死ね」

厳しい口調で菊地が言った。

「わかっておる。世のなかで己の命以上に大切なものはない」

「しっかりしてくれ。一度失敗すれば、刺客業など二度と声はかからぬ。我らもそろそろ歳だ。いつまでも斬り取り強盗で喰えるわけでもない。うまく金を貯めて、生活できるようにせねばな」

菊地が述べた。

「人を殺す刺客が老後の心配か」

口の端をゆがめて、成瀬が自嘲《じちよう》した。

藩邸を離れた二人は、すぐに矢切の屋敷を見つけた。

「玄関がある。あれだな」

「ああ」

二人が外からなかをうかがった。

「ありがとうございました」

玄関から老女が出てきた。

「患者のようだな」

「ということは、屋敷におるようだ」

顔を見合わせた二人が、門から少し離れた。

「どうする。屋敷に躍りこむか」

「いや、地の利が相手のものになる。屋敷のなかだと見通しも悪い。襖《ふすま》や扉などをうまく利用されては逃がすかも知れぬ」

菊地が首を振った。

「往診に出てくるのを待つか」

「ああ」

成瀬の次案を菊地が認めた。

「待つのも慣れたしの」

「刺客の半分は、待ち伏せだ」

二人がさりげなく道をうろついた。

神田駿河台は小旗本と小大名の屋敷がひしめいている。藩士の格好をした侍が歩いていてなんの不思議もない。二人は見事に景色に溶けこんでいた。

最後の患者をすませると、すでに昼食の頃合を過ぎていた。

「腹が空いた」

診療室を出て、書斎へ戻った良衛を弥須子が出迎えた。

「一弥は先にすませていただきました」

「ああ。かまわない」

弥須子の報告に良衛はうなずいた。

「今日は昼からどうなさいまするか」

昼食を摂っている良衛へ弥須子が問うた。

本来食事中に話をするのは礼儀に反している。しかし、医者をやっているといつ患家が来るか、往診を求められるかわからないのだ。できるときに話をしておくのが、矢切家ではあたりまえであった。嫁に来た当初は、今大路家との違いで戸惑っていた弥須子も、今ではすっかり馴染《なじ》んでいた。

「奈須玄竹どのの屋敷へ顔を出さねばならぬ」

一瞬、良衛は頬をゆがめた。

「父の命でございましたか。名前だけの奈須に頭を下げるなど……勝ち誇る姉の姿が思い浮かびまする」

弥須子が嫌な顔をした。

「義父上の心遣いだ。無碍《むげ》にもできまい」

姉への対抗心を見せる妻へ、良衛は告げた。

「では、行ってくる」

思ったよりも午前診が長引いたおかげで、良衛は、昼餉《ひるげ》後の習慣としている午睡をあきらめるしかなかった。

往診ではない。薬箱を持たないぶん、良衛は両刀を腰に差した。

「お供は」

見送りについてきた三造が訊《き》いた。

「奈須どのの屋敷へ行くだけだ。顔を出して白湯《さゆ》の一杯も馳走になれば帰ってくる。供は要らぬ。その間、昨日届いた麻黄を細かく薬研《やげん》で挽いておいてくれ」

麻黄は主に清から輸入される薬である。発汗、関節痛、咳止《せきど》めとして著効があり、外道医である矢切家では、常備している薬草の一つであった。

「茴香《ういきょう》も届いておりましたが、こちらは」

「ときが余れば頼む」

茴香は鎮痛、健胃の薬である。漢方では腹痛によく処方した。

「いってらっしゃいませ」

三造に送り出されて、良衛は屋敷を後にした。

「あれか……」

屋敷から出てきた良衛の姿に、成瀬が首をかしげた。

「両刀を差しているぞ」

医者は無腰が普通であった。幕府の医師や、各藩お抱えの医師は侍身分として扱われるため、脇差《わきざし》を携えることが多いとはいえ、まず両刀は帯びなかった。

「……頭は剃《そ》っている」

菊地も判断尽きかねていた。

「まちがえたら大事だ」

「警戒されるからな」

刺客が相手をまちがえるなど論外であった。別人を襲ってしまえば、その騒ぎで相手に警戒されてしまう。やり直しはまずできなかった。

「確認してくる」

早足で菊地が矢切の屋敷へ入った。

「ごめん、先生はご在宅か」

「あいにく、今し方出かけたばかりでございまする。どちらさまで」

菊地の問い合わせに、三造が応対した。

「お留守とあればいたしかたございませぬ。後日あらためましょう」

急いで菊地は屋敷を離れた。

「あれだ。追うぞ」

「あの角を右へ曲がった。特徴ある禿頭《はげあたま》だ。見逃すことはない」

しっかり成瀬は良衛の姿を確認していた。

二人が良衛の後を追った。

「いたぞ」

すぐに良衛の背中が見えた。

「人通りが多いな」

「贅沢《ぜいたく》は言えまい。夕暮れを待っている余裕はない。どこへあいつが行くかわからぬからな」

難しい表情を浮かべた成瀬に、菊地が決断をうながした。

「一撃で仕留め、一目散に逃げる」

「それしかないか」

菊地の案に成瀬も同意した。

「儂《わし》は右からあいつの右首を狙う。おぬしは、左から脇腹を」

首には大きな血脈があり、ここを断たれれば命はない。ただ、目標が小さいため、少し左に傾かれただけで、かわされる。だが、そこを左から襲えば、逃げようはなくなる。菊地の手立ては絶妙であった。

「わかった。いつものように半拍遅れで撃つ」

成瀬が首肯した。

「少しでも他人目《ひとめ》を避ける。次、あやつがどこかの角を曲がったときにな」

「承知」

打ち合わせが終わった。

良衛は気の乗らない外出を少しでも早く終わらせようと足を急がせていた。どれほどの武芸の達人でも、己の気が乱れていれば、他人の気配を感じ取るのは難しい。背後から間合いを詰めてくる刺客たちに、良衛はまったく気づかなかった。

「あの角を曲がれば、奈須どのの家までは近い」

奈須玄竹は有名な医科としては珍しく一軒を構えず、徒組《かち》の組屋敷の一角を間借りしていた。

「曲がった。今だ」

「おう」

菊地の合図で成瀬も走り出した。

「袴《はかま》がうるさい」

成瀬が顔をしかめた。着流しに慣れてしまった浪人者に袴はじゃまであった。

「…………」

菊地は成瀬の愚痴を無視した。

「……うん」

袴のすれる音が良衛の耳に届いた。

医者というのは走る音に敏感である。いつも患家は少しでも早く診てもらおうと、急いでいるからだ。とくに表御番医師はそうであった。急を報《しら》せるお城坊主は、江戸城で医師とともに走ることを許されている唯一の役目である。そしてお城坊主は袴を身につけていた。

「なにかあったのか」

良衛は歩きながら、振り返った。

そこへ白刃が迫った。

「おうわっ」

後ろを向くため身体をひねりつつあったため、良衛は右から来る一刀を左へ避けられなかった。良衛はそのまま、勢いを維持して身体を回した。回しながら良衛は脇差に手をかけた。

「ちっ」

首の血脈を斬り飛ばすことだけを考えて、小さく振られた太刀は良衛の動きに合わせられなかった。菊地が舌打ちをした。

「成瀬」

「おうよ」

合図を受けて成瀬が、良衛の左脇腹を狙った。

「なんのお」

短い脇差は抜き撃つのに適している。なんとか良衛の脇差が成瀬の一撃を受け止めた。

「ぐうう」

それでも勢いの差までは埋められない。

「どっせい」

成瀬がそのまま太刀で押し、良衛は後ろへ下がった。

「そのまま、押さえていろ」

空を斬り下へ落ちた太刀を、菊地が引きあげた。切っ先が良衛の下腹を襲った。守りの脇差は、成瀬の太刀と当たっており、使えなかった。

「えいっ」

良衛は成瀬が押してくる力を利用して、後ろへ跳んだ。

「逃がすか」

押し合いの最中に力を抜かれたようなものだ。体勢を崩しかけた成瀬が、今まで良衛のいた場所へよろめいた。

「なにを」

振りあげた太刀の前に、成瀬が出てきた形になった菊地が目を剝《む》いた。

「ええい」

無理矢理菊地が、太刀を抑えこんだ。

「すまぬ」

右に白刃の気配を感じた成瀬がたたらを踏んで止まった。かろうじて菊地の刀は成瀬を傷つけなかった。

「仕切りなおすぞ」

菊地が成瀬に言い、良衛に立ち向かおうとした。

「おう。……しまった」

寸瞬とはいえ、十分な間であった。菊地の三間（約五・四メートル）先で良衛が太刀を構えていた。

「大事ない。相手は医者だ。医者になにができる」

成瀬が無造作に間合いを詰めた。

「うろんな奴め。吾《われ》を表御番医師矢切良衛と知ってのうえか」

「…………」

良衛の問いかけを、菊地は無視し、成瀬が沈黙した。

「わかっているならば、遠慮せぬ」

青眼にとっていた太刀を良衛は、水平に横たえた。

「見たことのない構えだ」

菊地が注意を促した。

「我流だ。正統には勝てぬ」

成瀬がそのまま突っこんだ。成瀬の言いようは正しかった。剣術はとどのつまり、いかにうまく人を殺すかという技である。それも修業すれば、誰にでも身につくものでなければならない。特定の者だけが遣える技など、継承されていかない。代を重ねた剣術は、こうして理に適うものだけになっていく。

だが、良衛の剣は戦場医師であった先祖が、人の身体を研究して編みあげたものである。門外不出で、型も特異なものであった。

「死ねえええ」

上段から成瀬が全力で太刀を落とした。

勢いの付いた太刀を受け止めるのは愚の骨頂であった。日本刀は鉄の塊であるが、その切れ味を出すために、極限まで研ぎ澄まされている。薄いのだ。まともに当てれば、刃が欠けるか、下手すれば折れた。真剣勝負の最中に得物が使えなくなれば、負けは決まる。そして真剣での戦いでの負けは死であった。

「……すう」

息を吸いながら、右へと足を滑らせ、成瀬の一撃を左にそらした良衛は、水平に横たえていた太刀を傾けるようにして、成瀬の胸へ当てた。

「えっ」

横に倒された太刀の刃が己の胸に添って滑るのを、成瀬は呆然《ぼうぜん》と見ていた。

「しゃっ」

独楽《こま》を回す紐《ひも》を引くように、良衛は太刀を肘《ひじ》だけで動かした。

日本刀は鋭利である。直角に衣服に当たっていた刃は動くにつれ、小袖《こそで》を裂き、襦《じゅ》袢《ばん》を斬り開いて、胸へと届いた。

「…………」

良衛の太刀は、成瀬の上から数えて五番目の肋骨《ろっこつ》と六番目の間へ侵入した。そのまま食いこんだ刃が抵抗なく心の臓を切った。

刃が横を向いていたのは、骨の間に入れるためであった。

「かはっ」

心の臓を動かす重要な血管と神経を断たれて成瀬が即死した。

「な、成瀬」

一撃で崩れた同僚に菊地が動揺した。

「きさまあ」

頭に血がのぼった菊地が真っ赤になった。

「成瀬の仇《かたき》」

菊地が太刀を振りあげた。

「……ふん」

良衛はがら空きになった菊地の胴へ太刀を投げつけた。

「…………」

真剣勝負の最中に唯一の得物を投げるなどとは思わない。胸骨の直下を貫かれて、菊地が苦鳴を発することもできず絶息した。

「生かし方を知っている医者ほど、殺すのもうまい、でございますか」

いつのまにか、奈須玄竹が見ていた。

「奈須どの……」

予想外のことに良衛は目を見張った。

「いえ、往診からの帰りに通りかかれば、争いごとが……見れば矢切どのではないかと」

奈須玄竹は落ち着いていた。

「少し見せていただけますかな」

すっと奈須玄竹が死体に近づいた。

「………………」

一瞬血の臭いに顔をしかめたが、躊躇《ちゅうちょ》することなく傷口を検《あらた》め始める。

「なるほど。骨と骨の間ならば、心の臓を守るものはない」

成瀬の遺体を確認した奈須玄竹が、菊地のほうへと移動した。

「こちらは……心の臓ならば即座に死に至るのは、当然でございますが、腹を刺されて、そこまでいきましょうか」

奈須玄竹が質問してきた。

「横隔膜を裂きました。と同時に太陽神経叢《そう》を破壊いたしました。内臓の多くを支配している神経を断てば、呼吸はできませぬ。まあ、その前に衝心を起こしましょう」

「……こんなところに大きな神経の節が……南蛮医学はそこまで至っておりまするか。初めて見ましてございまする。衝心……」

あらためて菊地を診た奈須玄竹が問いかけるように良衛を見た。

「祖父から教わりましたところでございますが、戦場では刀傷や槍《やり》傷よりも、衝心で死ぬものが多いそうでございまする。切られた、突かれたと感じた瞬間、心の臓が停止してしまう。これを衝心といい、傷の割に出血が少ないので区別が付くとか。気死ともいうそうでございますが」

「気死ならば、聞いたことがございまする。たしかに、ほとんど出ておりませんな」

　奈須玄竹が納得した。

「もっとも腹にも太い血の管がございまする。そこをやられれば、腹のなかに血があふれ、心の臓を下から圧迫しますゆえ、助かりませぬが」

　説明を付け加えた良衛へ、奈須玄竹がうなずいた。

「ふむ」

「失礼ながら、なんともございませぬので」

　良衛が訊《き》いた。堀田筑前守が殿中刃傷《にんじょう》で傷を負ったときは、なにもできないほど奈須玄竹は動揺していたと、良衛はお城坊主から耳にしていた。

「医者が血ぐらいで驚いていてはいかぬと知りましてございまする」

　立ちあがりながら、奈須玄竹が続けた。

「殿中で堀田筑前守さまを診たとき、あまりのことになにもできなかった」

「あの傷では助かりますまい」

　唇を嚙《か》みしめる奈須玄竹を良衛は慰めた。

「死は避けられなかった。それは理解しておりまする」

　一度うつむいた顔を奈須玄竹があげた。

「矢切どのならば、筑前守さまはいつまでご存命でした」

「噂をご存じで……」

問われた良衛は返答に困った。

「御安心を。貴殿がそのような噂を流されるような御仁ではないと存じておりますれば」

穏やかな笑みで奈須玄竹が首を振った。

「それを知ってのうえでお教え願いたい。診ていないので正確なことは言えない。それはわかっておりまする。おおむねでけっこうでございまする。堀田筑前守さまの命をどこまでつなぎ止められました。夜まで、それとも翌朝まででございますか」

奈須玄竹が良衛の逃げ道を塞《ふさ》いだ。

「……まず夕刻。うまくいって夜半でござろうな」

良衛は答えた。

「お答えかたじけない。矢切どのならば、筑前守さまは二刻半《とき》（約五時間）以上存命された。そうすれば、言いたいことも伝えられましたでしょう。大切な方とも会えたでしょう。人にとって死はかならず訪れるもの。それを防ぐことは将軍といえどもかないませぬ。ですが、最期を迎えたとき、どれだけ死を納得できるか。それを助けるのが我ら医師でございましょう」

「仰せのとおりでござる」

静かに良衛は同意した。

「ゆえに医師は生涯研鑽《けんさん》せねばなりませぬ。本道だから外道は学ばぬ、外道ゆえ本道は得手ではない。それではいかぬのでございまする。わたくしは、それを堀田筑前守さまから、身をもって教えられました」

強く奈須玄竹が言った。

「わたくしはもう怖れませぬ。逃げませぬ。きっと祖父の名に恥じぬ医師となって見せましょう。さあ、矢切どの、学ぼうではございませぬか」

熱く奈須玄竹が語った。

「お世話になりまする」

良衛は頭を下げるしかなかった。

「よろしいかな」

落ち着くのを待っていたかのように、あたりを囲んでいた徒組士《かち》が声をかけてきた。

「これはどういうことでございましょう」

徒組の組屋敷前で、斬り合いがあった。しかも死人まで出てしまっては、見過ごすわけにはいかなかった。

「吾《わ》が友矢切良衛先生を不逞《ふてい》の輩が襲ったのでござる。それを矢切先生が返り討ちにされた」

奈須玄竹が説明した。

「暴漢ということでよろしゅうございますか。なれば、町奉行所へその旨届けておきまするが」

徒組士が言った。

「松本《まつもと》どの。見ておられたであろう。最初から」

「はい」

松本と呼ばれた徒組士が首肯した。

「背後から矢切先生へ斬りかかった。まともな武家のすることではござらぬ。しかも先生は表御番医師と名乗られたにもかかわらず」

「でございましたな」

「そのような輩のことで、矢切先生のお手をこれ以上煩わせるのは……」

最後まで奈須玄竹は言わなかった。

「先生には、父が随分とお世話になっておりまする。その先生の仰せになることでございますれば……いかがでございましょう。この二人が争ったということでは」

「そうしていただけるとありがたい」

奈須玄竹と徒組松本の間で話がまとまった。

町奉行に話を持って行ってもらうのはありがたかった。町奉行は旗本御家人に対してなんの力もない。目付から要請があったときだけ、捕縛の協力はできるが、基本として旗本や御家人には話を訊くことさえできなかった。

「大目付松平対馬守さまとは、懇意にしておりますゆえ、わたくしのほうから襲われたことはお耳に入れさせていただきまする」

己のことである。良衛は徒組士の負担を軽くするように告げた。

「大目付さまと。ならば、安心でございますな」

あからさまに松本がほっとした。

「では、あとを頼みました。そうそう。当番を終えられたら、お出でなさい。父上さまのお薬を進ぜよう」

「ありがとうございまする」

松本が喜んだ。

「薬代はわたくしが払いましょう」

奈須玄竹の家まで歩きながら、良衛は申し出た。

さきほどの徒組士の父への薬が、口止料だと良衛は見抜いていた。

「お気になさらず。さして高貴薬を遣うわけでもございませぬ。かの御仁の父は、動悸《どうき》が多少あるていどで、施薬しているのは苓桂朮甘湯《りょうけいじゅつかんとう》でござる」

苓桂朮甘湯は、桂皮、茯苓《ぶくりょう》、朮《じゅつ》、甘草《かんぞう》の四種を合わせて作る。『傷寒論《しょうかんろん》』にも記載されている薬で、本道をおこなう医師には馴染《なじ》みの深いものであった。主としてめまい、尿量減少を伴う動悸、息切れ、頭痛などに効いた。

「ご厚意に甘えましょう」

これ以上言うのはよくない。良衛は別の形で礼をすることにした。

四

乗り気のしなかった奈須家行きだったが、医術論を戦わせ始めると興がのり、あっというまに二刻（約四時間）が過ぎてしまった。

「長居をいたしました」

これ以上いると夕餉《ゆうげ》の邪魔になる。事実、診療所まで奈須玄竹の妻釉が顔を出し、無言で良衛を睨《にら》みつけたりし出した。

「もう少しよろしいではございませぬか」

「また日はございましょう。次は是非、吾が家へお見えくださいませ」

引き留める奈須玄竹へ次の機会を約束して、良衛は奈須家を後にした。

「報告だけしておくか。理不尽だが」

町奉行から話が回らないともかぎらない。大目付松平対馬守は、なんの援助もしないくせに、放置しておくと文句をいってくる。

良衛は自宅ではなく、松平対馬守の屋敷へ足を向けた。

日が暮れに近かったこともあり、松平対馬守は在宅していた。

「なにをしでかした」

客座敷で待っていた良衛へ、顔を出すなり松平対馬守が嫌みを言った。

「……こちらから呼びよせた覚えはございませぬが」

良衛は言い返した。

「ふん。最初に大老の刃傷に興味を持ったのは、おまえだろう。知らぬ顔をしていれば、騒動に巻きこまれなかっただろうが」

「…………」

その通りだけに、良衛は反論できなかった。

「まあ、すんだことはいい。で、なにがあった」

「じつは……」

良衛は今日のできごとを語った。前回の浅草は、他人目《ひとめ》がなかったが、今回は見ていた者が多い。隠しようはないと良衛は判断した。

「また二人か……」

「……また」

嘆息する松平対馬守に、良衛は違和を感じた。

「気づかれていないと思っていたのか。浅草でも二人斬ったであろう」

「……いつ」

あっさりと言う松平対馬守に、良衛は問うた。

「話をしたときに決まっておろう。少し間があった。そなたは頭がよいからか、問えばすぐに返答が来る。しかし、あのときは少し遅れた。あれは動揺を隠すためであった。違うか。気になったゆえ、死体を見に行ったのだ。そのお陰で、そなたの仕業と確信できたのだがな」

思い出したのか、松平対馬守が眉《まゆ》をひそめた。

「あのような斬りかたのできるのは、そなたしかおるまい」

「大目付さまの前で刀を振ったことはございませぬが……」

良衛は警戒した。

「ふん。先夜の前、吾が屋敷の帰りに襲われて、敵を斬ったであろう。あの後始末をしたのは誰じゃ」

松平対馬守が鼻先で笑った。

たしかに良衛は松平対馬守の屋敷を訪れた帰りに、襲撃を受けた。そのとき、倒した者の始末を松平対馬守に押しつけていた。

「……はあ」

良衛は嘆息した。

「わかったならば、答えよ。今日の二人は先夜の二人と同じか」

「いいえ。まったく違いましてございまする。先日の二人は、かつて倒した者の仇《かたき》と申しておりましたが、本日の二人は、初めてわたくしとかかわったようでございました」

感じたままを良衛は伝えた。

「初めて……新たな敵か」

「雇われただけかも知れませぬ」

良衛は述べた。

「そのあたりのこともある、でだ、そなたに一つ命を与える」

「私は表御番医師でございまする。大目付さまの配下ではございませぬ」

松平対馬守の指示はろくなことではないと良衛は拒んだ。

「あいにくだが、これは上様のご内意である」

「……上様の」

そう言われて拒める幕臣はいなかった。

「なにをせよと」

「次に襲われたとき、敵を殲滅《せんめつ》せず、生かしておいて、その後をつけよ」

「正体を探れと。それは隠密の仕事でございましょう」

良衛は命に異論を唱えた。

「これ以上知る者を増やすなとのお言葉である」

「………」

ふたたび良衛はなにも言えなくなった。

「わかったな。ならば帰れ」

手を振って松平対馬守が、良衛を帰した。


刺客の仕事の成否はすぐにわかる。成功報酬を受け取りに来ないからだ。斎藤主計は、失敗を覚って震えた。

「深川で成瀬と菊地といえば知らぬ者のない刺客だったはず……」

まずいと斎藤主計は、すぐに鏑木甚内と連絡を取った。

「かなり遣うようでござる。念のために調べましたところ、あの表御番医師は、もともと御家人だったとか。どういたそうか」

鏑木甚内が苦い顔をした。

「放置しておくという手もござるな」

「それでよろしいのか」

念を押すように斎藤主計が質問した。

「芽は摘んだほうが安心ではございますな」

「どうでござろう、大久保加賀守さまのお力をお使いいただけまいか」

「殿の……」

少しだけ、鏑木甚内が難しい顔をした。

「要はことから遠ざければよろしいのでござる。いかがでござろう。相手は表御番医師。寄合医師に昇格させ、医術修業の名目で長崎に行かせてしまえば……」

「まだ表御番医師になって数年だぞ。それを寄合医師に引きあげるなど、おかしく思われる」

「大事ござらぬ。矢切は典薬頭今大路兵部太輔の娘婿でござる。その縁を装えば、誰も文句は言いますまい」

「なるほど」

鏑木甚内が納得した。

「江戸から離せば、たかが医者一人。なにもできますまいよ」

斎藤主計が小さく笑った。

「でござるな。では、そういたそう」

「これは些少《さしょう》でございまするが」

すっと斎藤主計が、藩から受け取った百両のうち、残っていた五十両を鏑木甚内へ渡した。

「なにかの用にお遣いくださいませ」

「これはお気遣いかたじけなし」

悪びれもせず、鏑木甚内が受け取った。


表御番医師の身分では、その異動など誰も気にしない。大久保加賀守は用人鏑木甚内の策にしたがって、良衛を寄合医師へと引きあげるための手続きに入った。

「医道精励をもって、寄合医師に進め、いっそうの研鑽《けんさん》を命じ、長崎への遊学を許す」

戦場における臨時の政庁であった幕府は、本来臨機応変、即断を旨としていた。しかし、戦がなくなり、泰平の世となれば、なにをするにも前例を踏襲するようになっていた。これは、前例に従えば、なにかあったとしても咎《とが》めを受けないからであった。

当然、良衛の出世も前例に照らし合わされた。

「いささか歳若きなれど、ふつごうはなし」

前例を担当するのは、右筆であった。右筆は政にかかわる書付を清書することから、老中と密接なかかわりを持つ。当然、老中の顔色をうかがえないようでは務まらない。右筆は大久保加賀守の望みどおりの答えを返した。

「上様のご裁可をいただこう」

大久保加賀守が御用部屋を出た。

老中が一日に取り扱う用件は多い。一々将軍へ決裁を求めていては、手間がかかってしかたがなくなる。よほど急を要するものは別だが、普段は一日分をまとめて、翌朝御用部屋で将軍に報告された。

「上様にはご機嫌うるわしく、加賀守祝着至極と存じあげまする」

「加賀守も息災のようでなによりである」

毎朝繰り返される挨拶《あいさつ》が、政の始まりであった。

「本日は八件、お願いいたしまする。まず、夏の御堀浚渫《しゅんせつ》のお手伝いでございまするが、上杉弾正大弼《うえすぎだんじょうだいひつ》にさせたく……」

大久保加賀守が一つ一つの案件を説明していく。

「よきにはからえ」

綱吉も異論をはさむことなく認めていった。

「最後に、表御番医師矢切良衛、医術優れたるをもちまして、寄合医師に進めたく……」

「待て」

「えっ」

途中で遮られると思っていなかった大久保加賀守が驚いた。

「なにか」

「今の前の案件だが、ちと気になる。もう一度説明をいたせ」

一度認めた話を綱吉が蒸し返した。

「承知いたしました」

だが、将軍の言葉である。大久保加賀守が従った。

「勘定はあっておるのか」

綱吉が問題としたのは、佐渡金山から江戸の金座へ送られる金の量であった。

「前年より、随分と少なくなっておるようだぞ」

「お覚えでございまするか」

ふたたび大久保加賀守が驚愕《きょうがく》した。

「当然じゃ。加賀守もであろう」

「は、はい。もちろんでございまする」

焦りながら大久保加賀守が首肯した。

「大事ないと思うが、金のことだ。ただちに差し戻し、厳密な調査をいたせ」

珍しく綱吉がやりなおしを命じた。

「そのようにいたしまする。続いての……」

「聞こえなかったのか。躬《み》はただちにと言ったぞ」

「は、はい」

綱吉の口調が変わったことに気づいた大久保加賀守が慌てた。

「その結果が出るまで、顔を出さずともよい。幕政の要《かなめ》であるぞ。佐渡の金は」

「承知いたしましてございまする」

「下がってよい」

「では、ご免」

追い払われるようにして大久保加賀守が御座の間を出ていった。

「大目付松平対馬守をこれへ」

大久保加賀守の背中を睨《にら》みつけていた綱吉が口を開いた。

「上様」

すぐに大目付松平対馬守が駆けつけた。

「庭に出る。供を致せ。吉保、そなたも来い。他の者は残れ」

手早く指示をして、綱吉が庭へ降り立った。

「……そのようなまねをいたして参りましたか」

東屋で綱吉から話を聞いた松平対馬守が苦い顔をした。

「大久保加賀守どのが、裏にいるとは」

柳沢吉保も驚いた。

己の担当した案件を報告するのが、老中の慣例であった。こうすることで、詳しい説明を求められたときに、対応できるようにしている。それが、今回は証拠となった。

「稲葉石見守を斬ったのも大久保加賀守であったな」

「他の老中もかかわっておりましたが……主と従だったのやも知れませぬ」

確認する綱吉へ、血を見たことでうわずった老中たちが、大久保加賀守に引きずられたのではないかと松平対馬守が述べた。

「浅い男よな。医師ごとき放置しておればよかったものを。藪をついて大蛇を出してしまったことに気づいておらぬ」

あきれた顔で綱吉が述べた。

「だけに、あの者の考えとは思えませぬ。賢い者なれば、少なくとも石見守へ直接刃物をぶつけるようなまねはいたしますまい。場所は殿中でござる。鯉口三寸切れば切腹が決まり。それだけの覚悟があるようには見えませぬ」

冷たい顔で松平対馬守が、大久保加賀守を酷評した。

「だけに使い道もあるのだろう」

綱吉が小さく笑った。

「さて、となれば一応とはいえ、老中を動かせるだけの相手がいる。誰だ」

話を本題へと綱吉が進めた。

「第一に上様、続いて大老、そして同僚の老中。あとは商人でございましょう」

松平対馬守が羅列した。

「…………」

吉保は沈黙を守っていた。

「躬と殺された筑前守は外されよう。老中もだ。大久保加賀守は、今の老中のなかでは最先任である。また家柄も徳川にとって四天王に次ぐ名門」

出された者たちのことを綱吉が評価した。

「では、商人……」

「商人ごときに老中がしたがうか」

首をかしげる綱吉へ、松平対馬守が答えた。

「金でございまする。どこの藩も金に困っております る。とくに明暦《めいれき》の火事で江戸屋敷すべてを失った藩はきびしいかと」

明暦三年（一六五七）一月十八日、本郷丸山《ほんごうまるやま》の本妙寺《ほんみょうじ》から上がった火の手は、おりからの強風と三カ月近く雨がなかった乾燥を受けて、またたくまに拡がった。他にも小石川《こいしかわ》、麹町《こうじまち》からも出火、三日にわたって江戸は燃えさかった。

江戸城本丸、天守閣を始め、焼け落ちた大名屋敷五百以上、焼失した町屋四百町、死者十万人をこえる大惨事となった。

もちろん幕府も金蔵を開き、江戸の復興を支援したが、全部を賄いきれるわけもなく、ほとんど自力で屋敷を再築しなければならない大名や旗本たちは、莫大《ばくだい》な費用を要した。

幕府が天守閣再建をあきらめたほどの被害をもたらした振袖《ふりそで》火事が、武家の財政を一気に逼迫《ひっぱく》させた原因であった。

「金か……幕府もないの」

綱吉が苦笑した。

「他には思いつかぬか、吉保、そなたはどうじゃ」

「御三家、あるいは越前家などの主筋はいかがでございましょう」

尋ねられた吉保が名前を挙げた。

「大久保家は二代将軍秀忠公に近く、秀康公とは遠い。越前はなかろう。御三家はどうかの」

首を振って綱吉が松平対馬守を見た。

「御三家だとすれば……」

松平対馬守が厳しい顔をした。

「その目的は将軍位だけ。となれば、次は上様のお命を狙いましょう」

徳川家康の九男義直《よしなお》、十男頼宣《よりのぶ》、十一男頼房《よりふさ》を祖とする三家は、徳川の名字を許されたうえ、将軍なきときは人を出すようにと命じられている。そう、御三家の意義は将軍を出すことだけであった。

「躬を殺すか。もし、躬が死ねば次は徳松《とくまつ》ぞ。紀州や尾張にはいかぬ」

綱吉には徳松という男子がいた。延宝七年（一六七九）生まれで、まだ三歳ながら、父綱吉が将軍となったため館林藩主となっていた。しかし、館林藩の上屋敷にあたる神田館ではなく、江戸城西の丸に在し、板倉重種が老中としてつくなど、将軍世子としての待遇を受けている。

「上様、あまりお小さいと将軍には……」

松平対馬守が遠慮がちに言った。

将軍は武家の統領である。馬にも乗れず、槍《やり》も扱えない幼児には務まらなかった。さすがに朝廷が征夷大将軍《せいいたいしょうぐん》への任官を認めない。いや、幕府も同じであった。基準を明確にはしていなかったが、おおむね七歳以下の相続は許していなかった。

「徳松が将軍になれぬ今だからこそ、躬の命を奪うと言うか。それが幕府の老中だと」

綱吉が憤慨した。

「お待ちを。まだそうと決まったわけではございませぬ」

あわてて松平対馬守が綱吉を宥《なだ》めた。

「どちらにせよ、加賀守に上様を害し奉るだけの覚悟などありますまい。あやつは堀田筑前守さまを排するだけの道具」

「ふむ。たしかに底が浅い」

あしざまに加賀守を言うことで綱吉の気分が少し落ち着いたのか、声の調子が下がった。

「加賀守を操っている者がいる」

「はい」

松平対馬守が首肯した。

「その者をかならず躬の前へ連れて来い。酒井雅楽頭のように死なせてはならぬ。生きたままでだ」

「御意」

「…………」

綱吉の厳命に松平対馬守と吉保が平伏した。

「柳沢どのよ」

御座の間へ戻る綱吉を見送った松平対馬守が、柳沢吉保を見た。

「沈黙されたが、他に思いあたる相手があるのだろう」

「……お気づきでしたか」

柳沢吉保が苦笑した。松平対馬守は、綱吉が大久保加賀守を操っている者の正体を問うたときの柳沢吉保の様子をしっかり見ていた。

「あまりに突飛すぎたので、申しあげるのはどうかと」

「突飛……誰でござる」

松平対馬守が先を促した。

「……朝廷」

一瞬ためらった柳沢吉保が告げた。

「まさか……」

聞いた松平対馬守が絶句した。

「幕府に押さえつけられているのは、なにも外様大名たちではございませぬ。なによりも朝廷こそ、もっとも虐げられていると言えましょう。わずか十万石ほどの皇室領で、すべてを賄う。天皇の御子といえども、日継ぎの宮以外のお方を別家させることもできず、寺へ入れるしかない苦境。将軍のお血筋の男子で仏門に入られたお方はおられませぬ。誰もが数十万石という広大な領地をもらって別家している。この差を恨みに思われぬはずはない」

「ううむ、ありえる」

柳沢吉保の説明に、松平対馬守が唸《うな》った。

第五章　苦汁の決断

一

「入るぞ」

医師溜に松平対馬守が顔を出した。

「これは大目付さま。矢切でございまするか」

入り口近くにいた本道の医師谷睡朴《たにすいぼく》が問うた。かつて松平対馬守は、用もないのに怪我を装い医師を呼び出すのを繰り返し、医師溜で嫌われていた。その松平対馬守の相手を押しつけられたのが良衛であり、それ以降かかりつけ扱いをされていた。

「おるかの」

「矢切どの」

うなずいた松平対馬守に谷睡朴が、後ろへ向かって声をかけた。

「はい……大目付さま」

読んでいた医書から顔をあげた良衛は、松平対馬守に気づいた。

「どうなさいました」

良衛は松平対馬守のもとへ近づいた。

「少し報《しら》せたいことがあっての。ちょっとよいか」

外へと松平対馬守が良衛を誘った。

「はあ」

わざとらしい松平対馬守の態度に、良衛は渋々従った。

「ここでよろしゅうございますので」

医師溜からさほど離れていない廊下で立ち止まった松平対馬守へ、良衛は確認した。

聞き耳を立てれば、医師溜からでも話の内容をうかがえる。大目付が医師を呼び出す。

それもわざわざ医師溜まで来てのうえである。同僚たちが興味を持って当然であった。

「お医師どのよ」

良衛の問いには答えず、松平対馬守が口を開いた。

「おぬしにの、遊学をさせようということになっておっての」

「遊学……」

予想外のことに良衛は驚愕《きょうがく》した。

「そうじゃ。お主の医術を御上が認めての。さらなる研鑽《けんさん》を積ませ、いずれは奥医師へと推挙すべきではないかとな」

「…………」

良衛は沈黙した。

「での、やはり南蛮流医学となれば、和蘭陀であろう。長崎へ二年ほど遊学をしてはどうか」

松平対馬守が好々爺《こうこうや》という雰囲気で語った。

「なにを企んでおられまする」

声を潜めて良衛が訊《き》いた。

「どうじゃ」

良衛の反応を無視して、松平対馬守が尋ねた。

「大目付さま」

咎《とが》めるように、良衛は厳しい目で松平対馬守を睨《にら》んだ。

「……儂《わし》が言い出したのではない。老中大久保加賀守どのの推挙だ」

あたりを憚《はばか》る低い声で松平対馬守が告げた。

「……大久保加賀守さま……稲葉美濃守さまではなく」

良衛が首をかしげた。

「どういうことだ」

稲葉美濃守の名前がでたことで、松平対馬守が不審な顔をした。

「先日呼び出されました」

「用件は……」

「長話してよろしいので」

かなり二人きりで会話している。周囲の注目を集めていた。

「あとで屋敷に来い」

苦い顔で松平対馬守が命じた。

「では、考えておくようにの。遊学となれば、お役を離れなければならぬゆえ」

声を大きくした松平対馬守が言い残し、去っていった。

「なにがしたかったのだ」

良衛は理解に苦しんだ。

「うん……」

医師溜に戻った良衛は、雰囲気が違うと感じた。

「なにか……」

良衛は目のあった医師に質問した。

「いや、別に」

医師が目を反らした。

「矢切」

溜の奥、上座から良衛の先達となる外道医佐川逸斎が呼んだ。

「遊学の話だったそうだの」

近づいた良衛へ、佐川逸斎が言った。

「……はあ」

やはり聞かれていたかと、良衛は心のなかで嘆息した。

「まだ決まったわけではございませぬ」

良衛は首を振った。

「どうするのだ。受けるのか」

佐川逸斎が質問した。

「先ほどの今でございまする。まだなにがなにやらわかっておりませぬ」

「ふむ」

戸惑う良衛へ、佐川逸斎がうなずいた。

「貴公は表御番医師となって何年だ」

「四年たらずでございまする」

「短いの。吾は二十五年になる」

「…………」

佐川逸斎の言葉の裏を良衛は理解した。断れと言っているのである。

「お断りできればとは思っておりまする」

良衛は述べた。長崎への留学が魅力ある誘いであることはたしかであった。実際、良衛も揺れた。これが家督を継ぐ前なら、どれほどの障害があろうとも応じていた。しかし、今は開業しているのだ。患家を抱えている身分で、自儘に留守はできなかった。三日や四日、十日くらいならば許されても、二年ともなればさすがに無責任であった。

他の医者に行けばいいじゃないかという論もあるが、そう簡単ではなかった。なにせ、医者の数だけ治療方法はあるのだ。そのなかで身体に合う、性に合う治療を見つけ出すのはなかなかに難しい。己に合った薬を処方してくれる医者というのは貴重なのだ。また、医術は厳秘である。己の患家のためとはいえ、処方などを他の医者に明かすことはない。それをしてしまえば、飯の食いあげになる。その代わり、長期の不在はしない。医者として当然の選択であった。

「そうか。そうだの」

満足そうに佐川逸斎が何度もうなずいた。

「ただ御上のお言葉を、ただお断りするのはちと無礼であるな」

佐川逸斎が思案するように右手で顎《あご》を撫《な》でた。

「はあ……」

気のない返答を良衛はした。

「せっかくの遊学じゃ。代わりの人物を推挙申しあげてはいかがかの」

「どなたを」

「愚昧《ぐまい》の口からは言えぬ。そうよな、まず長崎ということは南蛮流外科術を学べということであろう。当然外道医でなければならぬ。それと、やはり表御番医師で長い経験を積んだ老練な者がよいのではないかの」

外道医でもっとも長く表御番医師であるのは、佐川逸斎である。佐川逸斎は己を推せと言外に伝えてきた。

「お話はいたしてみましょうが、お決めになるのは御上でございまする」

「そうじゃ。それは当然である」

良衛の言葉に、佐川逸斎が大きく首を縦に振った。

瞬く間に良衛が長崎への遊学を幕府より内示されたという噂が城内、いや、江戸中に知れ渡った。もちろん、良衛にかかわりのない相手には意味のない話であったが、その日のうちに井筒屋は反応した。

「おめでとうございまする」

「早いな」

良衛は感心した。

「城中で朝の間に話されたことは、昼過ぎには城下に知れておりまする。お坊主衆は勤勉でございますゆえ」

井筒屋が笑った。

「お断りになりましょう」

「そこまで聞こえていたか」

医師溜でのやりとりまで知られているとはと良衛は驚いた。

「いえ。さすがにそこまでは。いえ、矢切さまのことでございまする。きっとお断りになっただろうと」

首を振りながら井筒屋が言った。

「……………」

見抜かれていたことに、良衛は鼻白んだ。

「では用件はなんだ」

何しに来たのかと良衛は問うた。

「先日の噂の件でございまする。今回のお話と繋《つな》がっておるように見えまするが」

井筒屋が述べた。

「あれは、今回の前振りだったというか」

「ではございますまいか。いかに矢切さまが南蛮流の名人であられても、表御番医師となられてもっとも浅いお方には違いありませぬ。そのお方をいきなり医術卓越として長崎へ遊学させるには、さすがに無理がございましょう。これを認めれば、医師溜におられる表御番医師の皆さまは、全員矢切さまより医術が劣るとなりまする」

「…………」

肯定していいわけもなく、良衛は沈黙した。

「その後押しとして、あの噂を流した」

じっと井筒屋が良衛の顔を見た。

「なんのためにだ」

「そこまではわかりませぬ。ただ、矢切さまを利用したがっているお方がおられるのはたしかでございましょう」

「吾《われ》を利用してなんの得があるというのだ」

良衛は訊《き》いた。

「わたくしどもには思いもつかぬことでございましょう。お医師一人、長崎へ遊学させるとなれば、相当な金がかかりまする。宿舎は長崎奉行所のものを使ったとしても、食費に和蘭陀人医師への謝礼、購入する本や道具、薬などの費用、ざっと見積もって百両ではたりますまい」

「百両とはすごいな」

井筒屋の見積もりに、良衛は目を剝《む》いた。

一両あれば米がおよそ一石買えた。庶民ならば、長屋の店賃を含めても余裕で一カ月生活できる。

「長崎は、異国との交易をするせいか、諸事派手で物価も江戸に比べて高いのでございますよ」

「行ったことがあるのか」

「はい。仕入れに一度行きましてございまする」

「どんなところだ」

まだ見ぬ異国との窓口に良衛は興味を露わにした。

「山間《やまあい》の小さな村でございますが……」

身を乗り出した良衛に苦笑しながら、井筒屋が語った。

「名残り惜しいが、参らねばならぬところがある。すまなかったな。今度埋め合わせをしよう」

大目付松平対馬守のもとへ行かなければならない良衛は、井筒屋の話を途中であきらめた。

「この襖《ふすま》も見飽きたな」

松平対馬守の屋敷で、主の帰宅を待ちながら良衛は独りごちた。

「待たせたな」

「少々」

半刻《とき》（約一時間）ほどで顔を出した松平対馬守へ、良衛は本音で返した。

「遠慮がなくなっておるぞ」

「なくなりもしましょう。こちらのつごうをまったくご考慮いただけないのでございますから」

あきれる松平対馬守へ、良衛は応えた。

「医師とはそういうものであろう。病院や怪我人はいつ出るかわからぬ」

「それは仕事でございますれば。医師となると決めたときに覚悟いたしました。ですが、大目付さまのお呼び出しは、わたくしの仕事である医術とはなんのかかわりもございませぬ」

松平対馬守の言いぶんへ、良衛は反論した。

「国手という言葉を知っているか」

「……存じておりまする」

良衛は首肯した。

「国手とは国を治すほどの名医をいう。そなたはそうならねばならぬ」

「ご冗談を。わたくしごときにそのようなまねが……」

「逃げるか」

言い返そうとした良衛を、松平対馬守が押さえた。

「逃げるなどと、わたくしはただの外道医。そのような大任にはございませぬ」

「目の前に患者がいてもか。腹のなかに膿《うみ》を溜《た》めて苦しんでいる患者がいる。そして、おぬしは外道医である。することは決まっておろう。腹を切って膿を出し、なかを洗って、傷を縫う。医者の仕事ではないか。ただ患者が人か、幕府かという違いでしかない」

「比喩《ひゆ》が過ぎましょう」

良衛は拒んだ。

「いいや、同じだ。医者の仕事は人を助けることである。幕府が病めば、多くの人が苦しむ」

「詭弁《きべん》でございましょう。とても表御番医師の任ではございませぬ」

「大奥へ行けとは申しておらぬ。上様のお身体を診よとも言っておらぬ。表御殿だけのことだ。問題あるまい」

「無茶な」

無理矢理押しつけてくる松平対馬守に、良衛はあきれた。

「幕府という患者を治してみたいとは思わぬか。それもすでに腹を切られた患者をだ」

「腹を切られた……堀田筑前守さまの刃傷《にんじょう》でございますな」

「そうだ。患者の意志を無視して勝手に切られた傷だ。放置しておけば、患者は死ぬ。それだけは避けねばならぬ。今、幕府が倒れれば、世の乱れは収まりがつかなくなる。混乱はかならず争いを生む。巷《ちまた》に溢《あふ》れた浪人どもが、蜂起するのは必定。生きていくのにかつかつな浪人どもが、動けばどうなる。江戸の治安はなくなるぞ。なにせ、押さえるべき町奉行所もなくなっているのだからな」

松平対馬守が述べた。

「…………」

良衛はなにも言えなくなった。

「それを防ぐのが、我らだ。そして、その手立ての一つがおぬしだ。医者というのは病を治すだけではよくないのであろう。普通医は病を治し、良医は人を治し、名医は国を治すであったか。矢切、名医となれ」

「なれといわれても……」

学んできたのは人の身体である。政のことなど、何一つわかっていない。良衛は戸惑った。

「おぬしに政はさせぬ。一言で百の人を死なせる。それが政だ。さすがにその覚悟はできまい」

「はい」

「上様にはその覚悟が求められる。それだけ知っておけばいい」

「覚えておきまする」

強く良衛は首肯した。

「上様にかかる重圧。それを和らげるのが執政衆の仕事。そして堀田筑前守は、見事その任を果たしていた。その堀田筑前守が殺された。だが、その後釜《あとがま》として上様を支える者は出ぬ。これがどういうことかわかるな」

厳しい表情で松平対馬守が言った。

「残っておられる執政衆の忠義は上様にない」

「そうだ」

良衛の言葉に、松平対馬守がうなずいた。

「上様は孤軍になられた。もともと分家から入られたため、幕臣に腹心と呼べる者がいない。そして、酒井雅楽頭が企んだ宮将軍擁立の余波もある」

「そのようなものが……」

「あるのだ。なにせ、執政のなかで反対したのは堀田筑前守だけぞ。つまり、今の老中たちは綱吉さまの将軍就任を拒んだのだ。執政だけではない。幕府役人の多くは、酒井雅楽頭の権威を怖れて、宮将軍を認めた。儂《わし》同様飾りとされた役職で、酒井雅楽頭から相手にされなかった者を除いてな。だが、結果は綱吉さまが五代さまとなられた。さて、綱吉さま反対を表明していた連中はどうだ。さぞや居心地悪いであろう。いや、いつ潰《つぶ》されるかと怯《おび》えておろう」

「越後騒動でございますな」

松平対馬守の説明で、良衛は思いあたった。

「ようやく気づいたか」

やっとかという顔を松平対馬守がした。

「上様最大の失策であった。あれが、堀田筑前守を死なせたといってまちがいない」

「そこまで……」

遠慮ない松平対馬守に良衛は絶句した。

「あと二年待ってくだされば、なんの問題もなかった。だが、よほど上様も頭にきておられたのだろうな。酒井雅楽頭の名誉を砕きに出られた」

「それはわかりまする」

「家光さまの息子で、家綱さまの弟。もっとも将軍に近い血筋の綱吉さまを差し置いて、京から宮将軍を招こうとした。これは綱吉さまが将軍たる器にあらずと幕閣が宣したに等しい。腹を立てられて当然だな。だが、政を担うならば、このていどのこと微風として流さなければならぬ。まあ、上様もお若かった」

「はあ」

松平対馬守の語りに、良衛は間の抜けた返事をするしかなかった。

「人の上に立つ者は復讐《ふくしゅう》をしてはならぬ。天下人なのだ。敵対したものも受け入れなければならぬ。それが勝者の余裕。それを身につける前に、上様は動かれ、酒井雅楽頭を貶《おとし》めるのにもっともつごうがよいと越後騒動を再審理された」

しゃべり続けて喉《のど》が渇いたのか、松平対馬守が白湯《さゆ》を含んだ。

「再審理、将軍が言い出したならば、結末がどうなるかは決まっておろう」

「ひっくり返される。でなければ、再審する意味がない」

「そうだ。そして再審理で、前回と逆の結論になれば、当然、誤審理をした者の責任は問われる。越後騒動の再審理は、最初から酒井雅楽頭を処罰するためのものであった。もちろん、大老を務めていた酒井雅楽頭が、上様の意図に気づかぬはずはない。そなたは知るまいが、再審理が始まるまで、酒井雅楽頭を始め幕閣は相当抵抗した。それを上様は押しきった。つまり、なにがなんでも酒井雅楽頭へ復讐すると決めておられたのだ」

「ううむう」

良衛は唸《うな》った。綱吉の無念もわかるが、上に立つ者としてはどうかという松平対馬守の意見も理解できた。

「最初に結論は出ている。再審理を防げなかった段階で酒井雅楽頭の運命は決められた。その身は切腹、家は改易。よくても名跡を残せるていどの石高まで減らされて、僻地《へきち》へやられ、二度と執政にはなれぬ。譜代大名としては死んだも同然。それを防ぐには、結論が上様の口から出るまえに、自ら身を処すしかない。酒井雅楽頭は自害した」

「自害……」

武士にとってこれ以上責任を取る方法はない。良衛は音を立てて唾《つば》を呑《の》んだ。

「さて、酒井雅楽頭の末路を見た、上様の五代就任に賛成しなかった者たちはどう思う」

「次は吾《わ》が身と思われましょう」

問いかけに良衛は答えた。

「そうだ。その結果が堀田筑前守の死である。手足であり、盾である堀田筑前守を奪うことで、まず上様の動きを掣肘《せいちゅう》する。執政すべて、そして小姓や小納戸のほとんどが、宮将軍容認派なのだ。堀田筑前守を失った今、上様に真実を告げる者はいない。

宮将軍容認派のつごうがよいことだけを聞かされては、上様も動けまい。誰が味方かわからぬのだからな。こうして上様を幕政から切り離し、いずれは隠居に追いこむ。そして六代さまに、容認派が担ぐ人物をもってくれれば、執政どもは安泰だ」

「上様に背くと」

良衛は震えた。武家にとって叛乱《はんらん》ほど忌避しなければならないものはなかった。

「上様だと思っているかどうか、わからぬがな。あやつらは」

松平対馬守が応じた。

「今、上様に忠誠を誓っている者で、ことを知らされているのは三人。儂と小姓の柳沢吉保、そしておぬしだけだ。そして、儂は大目付、老中の配下でしかない。大名を取り締まる権を持つが、実行する力がない。小姓は上様に迫る急迫不正な悪から、御身を護るだけに、綱吉さまより離すわけにはいかぬ」

「動けるのは、わたくしだけだと」

「そうだ。おぬししかおらぬ。さあ、切り開かれた傷を洗い、縫え。それが医者の仕事である」

威厳のある声で松平対馬守が命じた。

二

十日もあれば、江戸でのできごとは、別段飛脚を仕立てずとも旅人の噂などで京へ届いた。

「大老を殿中で害したか。また随分とあらけないことをする」

御所に近い屋敷で有栖川宮幸仁親王はあきれた顔をした。

「思いきったことをいたしましたな」

報告に来た京都所司代稲葉丹波守正往《たんばのかみまさゆき》も同意した。

「そなたの父もかかわっておろうが」

有栖川宮が他人事《ひとごと》のような言いかたをした稲葉丹波守へ咎《とが》めるような目を向けた。

「なにも父が石見守正休を討たずとも、他の者にさせればすんだはずでございまする。それをわざわざ懐刀を振るうなど、年甲斐《がい》のない」

冷たく稲葉丹波守が言った。

「そうではあるな。将軍の居室に近いならば、警固の侍もいよう。そやつらに任せればよかった」

「宮さま、それは些《いささ》か違いましょう」

稲葉丹波守が首を振った。

「警固の侍ならば、稲葉石見守を殺さず捕まえてしまいまする。それでは困りましょう」

「しゃべられるな」

「はい。そうなれば、我が父はもとより、大久保加賀守どの、果ては宮さま、いえ、朝廷も無事ではすみませぬ」

「吾が身はいたしかたないとしても、朝廷には手出しできまい」

「ご譲位を迫りましょう。後水尾天皇の故事もございますれば」

有栖川宮の言葉を稲葉丹波守が否定した。

第百八代目の後水尾《ごみずのお》天皇は、徳川幕府が成立当初の天皇であった。徳川幕府ができて八年目の慶長《けいちょう》十六年（一六一一）に即位した。戦国を象徴するかのごとく武将のような気性と言われた後水尾天皇ほど、徳川に翻弄《ほんろう》された天皇もいなかった。

武で天下をとった徳川家が、続いて求めたのは名であった。

国でもっとも名のある者……そう天皇である。家康は徳川家の血で朝廷も支配しようと考えた。かといって、家康の数いる息子をいきなり天皇にすることはできない。もちろん、養子とするのも無理であった。さすがに、そんな無茶を押し通せば、反発を買う。まだ天下を取ったばかりで、有力な大名たちは虎視眈々《こしたんたん》と徳川の次を狙っているのだ。天皇位を簒奪《さんだつ》して、徳川倒すべしとの大義名分を与えるわけにはいかなかった。

そこで家康は、孫娘を後水尾天皇の中宮として押しつけた。そして生まれた子供を次の天皇とすることで、徳川の天下を名実ともに完成しようとした。

平家が隆盛を誇った平安の昔ではあるが、武家の娘を中宮とした前例はあった。前例があれば、断りにくい。なにより、徳川家は新たな平家といえる力を持っているのだ。後水尾天皇は、二代将軍秀忠の娘和子《かずこ》を中宮として受け入れた。幸い、二人の仲はよく、和子は二男二女を産んだ。しかし、男子と次女が夭折《ようせつ》してしまう。これでは幕府のもくろみは潰える。幕府は無理をさらに通そうとした。

後水尾天皇には、男女合わせて三十余人の子供がいた。男子も多い。つまり次の天皇には困らなかった。だが、幕府は和子の子である女一宮に天皇位を譲るよう後水尾天皇へ強制した。豪儀な後水尾天皇は、幕府の横やりに耐えていたが、紫衣事件、春日局拝謁強要の一件など、天皇の権威をないがしろにする嫌がらせを受け、ついに女一宮へ譲位した。のちの明正《めいしよう》天皇の誕生である。

「譲位はされたが、徳川の血は残らなかったぞ」

有栖川宮が述べた。

重祚《ちようそ》を含めて九人目の女帝となった明正天皇は、生涯独身であった。これは、女帝は嫁がずという決まりに従ったのだ。皇后から天皇の死を受けて即位した者を除いて、女帝は生涯独身を貫かねばならない。さすがに幕府もここまでは無理強いできなかった。誰を女帝に配しても問題が起きたからである。こうして七歳で即位した明正天皇は、十四年の在位の後、まだ二十一歳という若さで譲位、長い余生を尼僧として過ごした。

「余にも徳川の血は流れておらぬ」

誇らしげに有栖川宮が言った。事実であった。有栖川宮の祖父高松宮好仁親王の正室は前松平の娘亀姫だが、女子しか産まなかった。その女子が後西《ごさい》天皇の女御となった関係で、跡継ぎのいなかった高松宮改め有栖川宮に良仁親王が養子として入られたが、母は亀姫の娘ではない。その良仁親王の息子である有栖川宮には、徳川の血は一滴も混じっていなかった。

「宮さま……」

そのとおりなのだが、宮将軍として擁立されかかったのだ。あまり公言してもらっていい話ではない。稲葉丹波守が頬をゆがめた。

「ふん。徳川と同じことをしただけではないか。徳川は、その血を無理矢理主上《しゅじょう》の系統に入れて、支配しようとした。それを我らはやり返しただけ。そして、徳川の名字を与えるという条件で、これに乗ったのは酒井雅楽頭である」

有栖川宮が嘯《うそぶ》いた。

「…………」

稲葉丹波守が苦虫《にがむし》を嚙《か》み潰《つぶ》したような顔をした。

「豊臣といい、徳川といい、新しい姓にこだわるの。豊臣はいたしかたない。もともと本姓などない下賤《げせん》な生まれであったし、足利《あしかが》に養子とするよう求めたが断られたというからな」

出自のたしかでない豊臣秀吉は、天下人の地位に近づくにつれて名門という看板を欲しがった。まず最初は主君織田家の名乗り平氏を僭称したが、平家では幕府を開けないと知ってからは、源氏になろうとした。しかし、足利義昭《よしあき》に養子を拒まれ、将軍をあきらめざるを得なくなり、朝廷に願って新たに豊臣の姓を得た。

徳川家の場合は、多少事情が違った。徳川家は清和源氏《せいわげんじ》を自称していた。関東に名だたる名門源氏新田義重《にったよししげ》の四男義孝が、上野国《こうずけのくに》徳川村を領し、名乗りを徳川とした。ここに徳川氏は興ったが、戦乱の世の常、その九代後胤《こういん》世良田次郎三郎は仕えていた足利持氏《もちうじ》の没落とともに領地を失い、三河国へと流れた。

この次郎三郎を松平は婿養子として迎えた。その末裔《まつえい》が家康である。当初松平元康《もとやす》と名乗っていた家康は、宗主である今川義元《いまがわよしもと》の敗死を受けて独立、それを契機に名跡を松平から徳川という関東源氏の名門へと戻そうと考え、朝廷へ勅許《ちょっきょ》を願ったのだ。

「徳川など、源氏かどうかもわからぬ土豪であろう」

あっさりと有栖川宮が言ってのけた。

「…………」

稲葉丹波守が沈黙した。

「誰も京で徳川という名前など知りもしなかった。そんなときだ、金を持って使者が来れば、よろこんで認めただろう。朝廷にとって、どうでもよい名乗りだからの。それが今や、朝廷を縛る鎖となった」

有栖川宮が続けた。

「家康を征夷大将軍《せいいたいしょうぐん》としたのは朝廷である。その座を秀忠に譲ることを認めたのもな。そしてこれが、徳川の名跡を持たないものを家臣とする武家の掟《おきて》を作ってしまった」

「宮さま……」

「逆に言えば、徳川の名字であれば、将軍になれる」

冷たい目で稲葉丹波守を有栖川宮は見つめた。

「ゆえに酒井雅楽頭は朝廷に徳川の名跡を願った。家康のように、朝廷が許せば、誰も文句は言わぬ。そして酒井家には徳川を名乗るだけの資格もある。なにせ、松平より先に世良田次郎三郎の血を受けているのだからな。つまり、酒井雅楽頭は将軍になりたかった。そのための繋《つな》ぎだったわけだ、余は」

「…………」

責めるような口調の有栖川宮に稲葉丹波守はなにも言い返せなかった。

「鎌倉の故事に倣い宮将軍を迎える。そうなれば、朝廷への扱いもよくなる。代々の将軍が宮家から出れば、朝幕は一体。そう考えた朝廷が甘かった。実際は、余を江戸へ迎えることで、家康の血筋でなくとも将軍になれるという前例を作りたかっただけ。そのあとは、適当に余を退かせ、徳川の名字を得た酒井家が世襲していく。そのときの執権が、稲葉。そうであろう」

有栖川宮が口の端をつり上げた。

「もっとも、朝廷も利用するつもりであったから、同じよ」

「なにを……」

「気づいていないのならば、それでよかろう。さあ、帰れ。京都所司代がいつまでも宮家にいては、疑われるぞ」

答えずに有栖川宮が手を振った。

「……ご免」

京都所司代は朝廷を見張るのが役目である。その所司代が宮家に何度も出入りしては、朝廷に籠絡《ろうらく》されたと疑われかねない。ためらいながらも、稲葉丹波守は有栖川宮邸を出ていくしかなかった。

「朝廷を利用して一族を走狗《そうく》とした。その罪、しっかり受けるがいい。宮将軍擁立のからくり、知っている者は酒井雅楽頭どうよう、表舞台から消えてもらう」

一人茶室に入った有栖川宮が呟《つぶや》いた。

「誰ぞおらぬか、武家伝奏の千種有能《ちぐさありよし》をこれへ」

有栖川宮が手を叩《たた》いて人を呼び、用件を言いつけた。

「幕府への伝達は、やはり武家伝奏をつうじねばな。余が会うわけにはいかぬ。宮家は政にかかわらぬのが決まり」

武家伝奏は公家と幕府の連絡役である。普段は京都所司代と朝廷の間を取り持っているが、場合によっては老中とやりとりするときもある。次第によっては将軍と直接書簡を交わすこともできた。

「武家伝奏は幕府に近い。もちろん、本籍は朝廷にある。京都所司代と親しくしているとはいえ、裏切ることはない。千種に書付を預けておこう。綱吉の手の者が訪ねてきたなれば渡すようにと言づけてな。将軍に恩を売るのもよい。大老を殿中で殺すようなまねをしでかすようでは、稲葉に先はない。きっちり縁を切っておかねばな。もっとも、刃傷《にんじょう》の裏に気づかぬようならば、将軍もたいした者ではない。このまま放っておいてもいずれ風化するゆえ、朝廷に影響はでない。どちらに転んでもよいか」

茶を点てながら、有栖川宮が独りごちた。

三

大目付からの命を受けた良衛は、わざと夕暮れに出歩くようにしていた。

「ここ数日、表御番医師は往診に出歩いておりまする」

中間の佐助からの報告を受けた出石は、家老に黙って一人屋敷を出た。

「好機には独断を許すと家老も認めていた」

出石は禁足を破る条件を己のよいように解釈した。

「そして、あの医者の太刀筋は見抜いた。正統な剣筋ではないため、初見では戸惑うが、なれれば奇抜なだけ。太刀行きの速さも吾《われ》には及ばず」

一人夕暮れの江戸を動きながら、出石は独りごちた。

「手柄を立てて、馬崎の直どのを妻に迎える。お控え組という陰ではなく、表の組頭となることもできよう」

組頭は家中でも名門になる。中老への出世もあり得る。そうなれば藩政に加わることもできた。

「お控え組は、剣だけ。泰平の世の無駄飯食いと散々馬鹿にされた。見返す好機だ。我らのことを知った医師を排して、吾の力を見せてくれるわ」

出石は逸《はや》っていた。

「今日もなにもなしか」

良衛は嘆息した。非番の日は毎日往診と称して、襲われやすい日暮れどきまでうろついている。しかし、なんの反応もなく、徒労に終わっていた。

「まったく、吾だけを働かせて、対馬守どのは屋敷で寛《くつろ》いでおられるのではなかろうな」

思わず愚痴がこぼれた。

「そろそろ戻るか。腹も空いた」

ようやく江戸の町にそば屋というものが出だしたが、武家は外食をしない。屋台の煮売り屋から流れてくる匂いに空腹を刺激されながら、良衛は神田駿河台へと足を向けた。

「かならずここへ帰ってくる。そして人は吾《わ》が家を目にしたとき、安堵《あんど》で気を抜く」

出石は神田駿河台で待ち伏せしていた。

「あれか」

医師は髪を剃《そ》る。特徴ある頭は月明かりでも目立った。

「…………」

太刀の鯉口を切り、出石が腰を落とした。

「ふうう」

長年住み慣れた屋敷とその周囲には独特の雰囲気がある。良衛は張っていた気を緩めるため、小さく息を吐いた。

すでに暮れ六つ（午後六時ごろ）を過ぎている。小旗本の屋敷が多い神田駿河台の人通りはなかった。さらに屋敷の角に設けられている辻灯籠《つじとうろう》に灯も入れられていない。油代を出せるほどの余裕を持つ者がいないのだ。ただ、急患の目印として設けた良衛の屋敷前の灯籠だけが光っていた。

「…………」

当主とはいえ、夜遅くに門を開けさせることなどなかった。なにより門番がいない。なにせ、矢切家には三造と女中二人しかいないのだ。

良衛は夜半まで閂《かんぬき》をかけられない潜り戸へ手をかけた。

「やあああああ」

裂帛《れっぱく》の気迫が闇に響いた。

「な、なにっ」

不意に大きな声や音を浴びせられると、人は一瞬硬直してしまう。続いて、音の発生源を確認しようとする。これは、本能であった。戸に手を伸ばした状態で、良衛は動きを止めた。

「あああ」

気合い声をあげ続けながら、出石が駆けてきた。

「し、しまった」

呆然《ぼうぜん》としただけ、良衛の対応は遅れた。

「その命、もらった」

間合いが二間（約三・六メートル）をきったところで、出石が太刀を抜き撃った。

「うわっ」

良衛はまだ柄に手さえかけていなかった。

「死ね」

出石の太刀が、良衛の首筋へ落ちた。

「わあああ」

混乱した良衛は、体裁を整えるため左手に持っていた往診道具の入った小箱を振り回した。

「こいつっ」

往診用の小箱と太刀がぶつかった。

樫《かし》の木で作られた往診用の小箱は硬い。しかし、鉄の棒に近い太刀には勝てない。

往診用の箱は粉砕した。が、太刀の勢いを止めた。

「ええい、往生際の悪い」

勢いを失った太刀で斬りつけても、致命傷は与えられない。出石がふたたび太刀を振りかぶるために引いた。

「させるか」

往診箱をつうじて感じた手応えが良衛を吾に返した。良衛は懐に入れている尖刀を手裏剣代わりに投げつけた。

「くっ」

至近距離で投げられた尖刀である。咄嗟《とっさ》で技もない一撃だが、人は顔目がけてくるものをそのままにはできない。出石が太刀で尖刀を弾いた。

良衛へ向けられていた必殺の一撃がずれた。その隙を見逃さず、良衛は脇差《わきざし》を抜き放ちながら、後ろへ跳んだ。押しこまれた心理のまま突っこんでも、腕や足は萎縮《いしゅく》してしまう。届くはずの切っ先が足らず、致命傷を与えるはずの斬撃がかすり傷で止まる。そこを反撃されれば終わりであった。初手を押さえられた影響は大きい。良衛は乾坤一擲《けんこんいってき》の攻撃に出ず、体勢をととのえるほうを選んだ。

「……ちいい」

三間（約五・四メートル）の間合いを空けられた出石が呻《うめ》いた。

「だが、まだこちらが有利」

出石が太刀を青眼に構えた。

往診用の小箱を持つとき、良衛は医師である。両刀ではなく脇差しか帯びていない。太刀と脇差では、刃渡りが違った。出石の攻撃は届いても、良衛の一刀は遠いのだ。

「よく戦ったと褒めてやる。せめて最後は武士らしく死なせてやる」

出石が太刀を大きく振りかぶった。

「我らお控え組をここまで苦しめたことを自慢に、地獄へ行け」

最後の踏み出しをしようと出石が、右足に力を入れた。

「狼藉者《ろうぜき》だあああ」

肚《はら》の底から良衛は叫んだ。

「な、なにっ」

今度は出石が出鼻をくじかれた。

「御出会いめされ、狼藉者でござる」

脇差を出石に模しながら、良衛は叫び続けた。

「こ、こいつ」

出石が焦った。

「なにごとぞ」

「どこだ」

そこら中の屋敷から気配がしだした。

狼藉者の声を聞きながら、反応しなければ臆病《おくびょう》との誹りを受ける。これが町屋ならば、危険と判断してかえって家に籠《こ》もらせてしまうが、武家はかならず確かめに出てくる。

「卑怯《ひきょう》者め。武士の矜持《きょうじ》はないのか」

「医者だ。吾は」

罵《ののし》る出石へ、良衛は言い返した。

「おのれ……」

斬りかかろうにも、良衛は油断していない。出石が出ただけ、下がった。

「矢切どのではないか。刀……」

隣家の旗本が、潜りから顔を覗《のぞ》かせて気づいた。良衛の特徴ある禿頭《はげあたま》は、わずかな灯りでも反射して目立つ。

「不意に斬りかかって参りました。乱心者やも知れませぬ」

「承知。助太刀いたす」

隣家の旗本が太刀を手に出てきた。

「……覚えておけ」

一対一でなんとかという状況で、援軍である。それもまだ増える。出石が舌打ちをして、逃げ出した。

「逃げるか」

「捨て置かれませ」

追いかけようとした隣家の主を良衛は抑えた。

「しかし……」

隣家の主がためらった。

「夜中刀を持って出歩かれるのはよろしくございませぬ。今夜のことは、明日《あした》、ご懇意にしていただいております大目付さまへお話をいたしますゆえ。貴殿のご助力のお陰だとも」

良衛は告げた。

狼藉者という言葉に武家が反応するのは、討ち取れば名誉になるからである。戦がなくなり、名を上げる機会を失った武家にとって、狼藉者の対応は唯一といってもいい好機であった。

徳川で柳生《やぎゅう》家と並んで将軍家剣術師範役を命じられている小野《おの》家がいい例であった。まだ徳川が天下を取る前のことだが、ある宿場で狼藉者が一軒の店に取り籠もった。すぐに人を出して包囲させたが、狼藉者の腕はなかなかのもので、捕り方に被害が出るばかりで解決にいたらなかった。

それを偶然通りかかった小野次郎右衛門《じろうえもん》が、あっさりと狼藉者を討った。その腕を見た旗本の推挙で小野次郎右衛門は、徳川家に仕官し、剣術師範役となった。

「いや、それほどのことをいたしたわけでもござらぬゆえ」

大目付といえば、小旗本から見て雲の上の人物である。そこに名前を知られる。隣家の主は、謙遜《けんそん》しながらもうれしそうであった。

「とにかく、かたじけのうございました。では、お礼はあらためまして」

「おう。ご無事でなにより」

隣家の主が満足そうに、屋敷へ戻った。

「後を付けることなど、できるか。口の開いた狼の巣へ飛びこむのと同じ。忍《しのび》でもない吾《われ》になにを求めているのだ」

一人になった良衛は、出石の消えた闇を見て、呟《つぶや》いた。良衛の身体はずっと小さく震えていた。


当番の日、良衛は大目付松平対馬守を探した。大目付は、控え室に残って万一に備える者と、城中の見回りをする者に分かれている。いつもは控え室にいる松平対馬守だったが、今日は珍しく見回りに出ていた。

「こんなところにおられましたか」

大目付の巡回も決められている。すぐに良衛は松平対馬守を見つけた。

「どうした」

一人で巡回していた松平対馬守が、廊下の片隅へ良衛を呼んだ。

「昨夜襲われましてございまする」

一部始終を良衛は語った。

「後を付けられなかっただと」

松平対馬守が不満を口にした。

「できるものではございませぬ。不満ならばご自身でなされませ」

はっきりと怒りをこめて、良衛は抗議した。

「情けない」

さげすむような目で松平対馬守が良衛を見た。

「まあいい。そやつたしかにお控え組と名乗ったのだな」

「まちがえることなどございませぬ。命のかかった場でございました」

良衛は強調した。

「お控えか……」

松平対馬守が腕を組んだ。

「思いあたられますので」

「知らずともよい。ご苦労であった」

あっさりと松平対馬守が手を振った。

「……ではこれにて」

文句を言おうにも、相手は身分が上なのだ。良衛は背を向けた。

「そうだ。稲葉美濃守どののことだが」

「はい」

「気にせずともよい。堀田家より誘いがあったならば、応じよ。そして、すべてを儂《わし》に報《しら》せるのだ」

「…………」

無言で頭を下げ、良衛は松平対馬守から離れた。

「どうやら、役者はそろったか」

松平対馬守は、綱吉のいる御座の間へと向かった。

四

将軍というのは、忙しいようで暇であった。自ら動くことなく、すべては報告を受けるだけなのだ。大奥へ入る以外は、一日御座の間で終わることも珍しくなかった。

回りの景色が変わらないと、人は退屈する。それを紛らわせるのも小姓の役目であった。小姓は名門旗本から選ばれるが、それだけでは務まらない。

将軍の退屈を紛らわせるだけの一芸が必須《ひっす》であった。小姓は、将棋、囲碁、茶道などの芸事に精通するか、あるいは巧みな話術が使えなければならなかった。

「……というような踊りが城下でははやっているそうでございまする」

江戸の町人たちの噂を、一人の小姓が綱吉に話していた。

「ほう。その踊りはどのようにするのだ。そなた、踊ってみせよ」

「よくは存じませぬが」

命じられて小姓が身体を動かした。

「上様、大目付松平対馬守が目通りを願っておりまする」

そこへ柳沢吉保が取り次いだ。

「またか。よほど暇と見えるな、大目付は」

わざと綱吉は顔をしかめた。

「お断りいたしましょうや」

小姓組頭が綱吉の顔色を窺《うかが》った。

「いや、躬《み》も暇である。ちょうど喉《のど》も渇いた。吉保、そなた茶の点《た》て方くらい知っておるな」

「はい。心得ていどでございまするが」

尋ねられた柳沢吉保が答えた。

「よし、野点《のだて》の用意をせい」

綱吉が命じた。

御座の間を出た西側には、庭が拡がっていた。築山《つきやま》を背景にした小さな泉水と、島に見立てた築山を浮かべた大きな池などがあり、城中とは思えない静けさを誇っていた。

「いつものところでよろしゅうございましょうか」

「よい」

柳沢吉保の問いを、綱吉が認めた。

綱吉は、大きな池ではなく、小さな泉水を好んでいた。柳沢吉保は、その側に設けられた小さな東屋に莫蓙《ござ》を敷いて、野点の準備を整えた。

「対馬守を呼んでやれ」

「はい」

小姓組頭が首肯し、松平対馬守を迎えに行った。

「これは、野点でございまするか」

案内されてきた松平対馬守が、大仰に驚いてみせた。

「作法など知りませぬ」

「茶には違いない。座って飲むだけでよいわ」

綱吉が目で座れと命じた。

「少し離れよ。そう回りから見られては、対馬守が萎縮《いしゅく》するわ」

東屋を取り囲んで警衛についている小姓たちを綱吉が遠ざけた。

「吉保」

「はっ」

言われて柳沢吉保が茶筅《ちゃせん》を動かした。

「なんだ」

「表御番医師を襲った者の正体が知れましてございまする」

綱吉に問われた松平対馬守が告げた。

「申せ」

「お控え組と名乗ったそうでございまする」

「……お控え組……越前か」

すぐに綱吉が気づいた。

「ご明察でございまする」

「そうか」

綱吉が黙った。

お控えとは、家を継ぐ嫡男に万一のことがあったとき、その代わりとなる者の呼称であった。従兄弟《いとこ》や孫が控えとなることもあるが、その多くは次男であった。綱吉がお控えという言葉だけで、越前と返したのは、越前藩松平家の祖が家康の次男結城秀康であったからだ。

天正《てんしょう》七年（一五七九）、家康の長男信康が武田勝頼との内通を理由に、織田信長から切腹を命じられた。ときに秀康六歳、幼いとはいえ、信康の跡を継いでなんの不思議もなかった。だが、家康は徳川の嫡男を秀康とすると言わず、五年後、小牧長久手《こまきながくて》の戦いの和睦《わぼく》の証拠として、秀康を羽柴《はしば》秀吉のもとへ養子に出した。その後秀康はさらに結城家へ養子に出され、豊臣滅亡の後も徳川の名跡は与えられなかった。そして、家督は秀康が秀吉の養子に出されている間に、弟の秀忠のものとなっていた。

「望んだが、与えられなかった徳川宗家の座」

差し出された茶を綱吉が含んだ。

「奪われた者の辛さ、哀しさ、呪い。そのすべてが躬にも降りかかっていたかも知れぬ」

「上様」

「越前の無念を躬はわかる。一つまちがえば、躬も宮将軍に五代の座を奪われ、館林の大名としてつき従わされていた」

　綱吉がしみじみと言った。

「だが、それと天下の安寧を乱すのは、別のものだ」

「仰せのとおりでございまする」

　松平対馬守が頭をさげた。

「しかし、越前がなぜ堀田を襲ったのだ。五代の座が決まる前ならまだしも」

「宮将軍を潰《つぶ》したからではございませぬか。ご存じとは思いまするが、宮将軍と言われていた有栖川宮幸仁親王さまは、越前家の縁戚《えんせき》ではございまするが、徳川の血を引いておられませぬ」

　質問に松平対馬守が説明を始めた。

「酒井雅楽頭の権がある間は、どうにかなりましょうが、雅楽頭が隠居するか、死ねば、かならずや問題となりましょう。そのとき、家康さまの血を引き、有栖川宮との縁続きである越前家が名乗りをあげる」

「躬と甥《おい》の綱豊《つなとよ》がおるぞ」

　綱吉が問題を指摘した。

「…………」

　無言で松平対馬守が綱吉を見上げた。

「……殺されたか」

綱吉が思いあたった。

「家光さまの、いえ、秀忠さまのお血筋は越前家にとって仇敵《きゅうてき》。そして、酒井雅楽頭にしても最大の邪魔もの。宮将軍の体制を整わせるためにも、禍根の芽は……」

最後を濁して松平対馬守が述べた。

「稲葉石見守も越前家が操ったのか」

「かかわりは十分にございまする。稲葉石見守の祖父正成《まさなり》は越前松平三代藩主忠昌《ただまさ》さまの付け家老をいたしておりました。もっとも忠昌さまの越後高田から越前北《きた》の庄《しょう》への転封を不満として浪人しましたが」

訊《き》かれた松平対馬守が答えた。

「そのていどのことで、殿中刃傷《にんじょう》に及ぶとは思えぬな」

綱吉が難しい顔をした。

「越前にそれだけの腹芸もできまい。できるようならば、刃傷直後で他人目《ひとめ》を引いている堀田家を襲うなどせぬ。堀田憎しだけで兵を出すようではな」

冷たい口調で綱吉が言った。

「柳沢どの」

「……はい」

松平対馬守が、柳沢吉保へ声をかけた。

「なんじゃ」

綱吉が促した。

「上様、お願いがございまする」

「申せ」

「京へ行かせていただきたく」

柳沢吉保が願った。

「……京へなにをしにだ」

眉《まゆ》を綱吉がひそめた。

「かつて、酒井雅楽頭は有栖川宮さまを将軍にしようといたしました。徳川の血を引いてさえいない宮を招く。その理由を知るために、一度有栖川宮さまにお目にかかりたく存じまする」

「ふむ。有栖川に会うか」

綱吉が考えこんだ。

「堀田筑前守さまの刃傷が、なぜ今だったのか。上様が五代さまとなられてから四年、そこまで待った理由もわかりませぬ」

「たしかにの」

言われて綱吉が首肯した。

「宮将軍をなぜ酒井雅楽頭さまが擁立しようとしたのか。そこに今回の刃傷の原因があるのではございませぬか」

「なるほど」

綱吉が納得した。

「鎌倉の故事に倣ったと言われておりまする。鎌倉幕府における北条氏《ほうじょう》と同様、酒井家が代々の執権となり、政を独占しようとした。そう考えられておりまするが、はたしてそれは正しいのでございましょうか」

松平対馬守が疑問を口にした。

「しかし、酒井雅楽頭はもうこの世におりませぬ。本人の口から話をきくことはできませぬ。上様による越後騒動の再審が酒井雅楽頭を死に追いやりました」

「はっきり言うの」

遠慮ない松平対馬守の言葉に、綱吉が苦笑した。

「なぜ越後騒動でございました。他にも伊達《だて》騒動などもございましたが」

「言わせるな。越後騒動は雅楽頭と光長への嫌がらせじゃ。光長めは、徳川の一門でありながら宮将軍を支持しおった。まさに裏切りである」

恨みだと綱吉は口にした。

「お心をお教えいただき、畏《おそ》れ入りまする。ついでと申しましてはなんでございまするが、上様のお気はお晴れになられましたか」

「本当に遠慮ないな、そちは」

重ねて問う松平対馬守に、綱吉があきれた。

「晴れたわ。酒井雅楽頭は死に、高田藩は潰した。そして皆、躬《み》の怖さを知った」

綱吉が断言した。

「それでございますな」

松平対馬守が一人うなずいた。

「上様のご苛烈《かれつ》さを知らされた者たち、とくに後ろ暗いことのある者たちは、震えあがったことでございましょう」

「それも思案しての越後騒動再審であった」

はっきりと綱吉が認めた。

「上様としては一罰百戒で終わらせたおつもりでございましょうが、酒井雅楽頭のかかわった騒動の連中はどうでございましょう。次は己の番だと考えたのではございませぬか」

「伊達か」

綱吉が思いあたった。

酒井雅楽頭が裁定したお家騒動は越後騒動だけではなかった。越後騒動より前、寛《かん》文《ぶん》十一年（一六七一）、奥州《おうしゅう》仙台伊達家で内紛があった。

大元は三代藩主伊達綱宗《つなむね》の乱脈にあった。吉原通いに狂った綱宗によって伊達家の財政は大いに傾き、藩政も滞った。そこで、親戚《しんせき》筋の大名と伊達家の老臣が連名で、綱宗の隠居と息子綱村《つなむら》への家督相続を願い、幕府はこれを認めた。問題は四代藩主となった綱村がまだ二歳の幼児であったことだ。当然、二歳児に政ができるわけもなく、幕府は一門の大名に後見を命じた。これがさらなるもめ事を生んだ。藩政を壟断《ろうだん》しようとした後見人伊達宗勝《むねかつ》の専横を、やはり一門の伊達宗重《むねしげ》が幕府へ訴えた。これを受けて幕府は、当事者を呼び出し審理を開始した。その場所となったのが酒井雅楽頭の上屋敷、今は堀田筑前守の上屋敷となっている大手前の屋敷であった。

寛文十一年三月二十七日、二度目の審理の日に、惨劇が起こった。伊達宗勝の側として呼び出されていた伊達家重臣原田甲斐《かい》が控え室で抜刀、相手の伊達宗重を斬り殺し、さらに老中たちへと刃《やいば》を向けた。伊達家の関係者伊達宗重、原田甲斐ら四人が死亡する大事件となった。幸い老中たちに傷はなかったとはいえ、幕臣を巻きこんだ刃傷である。なんとか、二歳の綱村に罪は及ばなかったが、伊達宗勝は土佐藩へ永の預かり、宗勝の一関《いちのせき》藩は改易となった。ほかにも伊達家の一門、重臣の多くが処罰された。

「伊達が堀田筑前守を襲わせたとしても、稲葉正休が従うか」

疑問を綱吉が呈した。

「伊達と稲葉とはかかわりがございまする」

松平対馬守が懐から書付を出した。

「大目付部屋に保管されておりまする大名の婚姻願でございまする」

「……これは」

書付を受け取って読んだ綱吉が驚愕《きょうがく》した。

「伊達綱宗の正室が、稲葉美濃守の娘だと……」

そこには伊達家と稲葉家のかかわりが記されていた。

延宝元年（一六七三）綱村の幼さが騒動のもとと危惧《きぐ》した幕府は、あらたな後見人として老中稲葉美濃守正則を選び、その娘を正室として娶《めあわ》せた。老中の一門とすることで、藩主綱村に重みを与え、二度とあのような騒動を起こさせないようにしたのだ。

「今度は吾《わ》が身と思ったか、美濃守は」

「おそらくそうではないかと」

松平対馬守が同意した。

「越後騒動の再審理で酒井雅楽頭は自害せざるをえなくなった。もし、伊達騒動を上様が蒸し返されたならば、一門の稲葉美濃守も無事ではすみませぬ」

「躬に恨まれる覚えは、十分あるだろうしの。稲葉美濃守にも」

口の端を綱吉がゆがめた。

稲葉美濃守も酒井雅楽頭の宮将軍に賛成していた。いわば、綱吉の敵であった。

「いつ躬が伊達騒動の再審理を言い出さぬかと、戦々恐々としていた美濃守が、ついに我慢しきれなくなった。躬の気を伊達騒動からそらすのに、堀田筑前守を殺すより効果があるものはたしかにない」

綱吉が頬をゆがめた。

「これならば稲葉石見守が刺客となった理由もわかる」

「死ぬとわかっていて刺客となりましょうか。いかに稲葉の一族としていつ上様のお怒りを受けるかわからないとはいえ」

大きく柳沢吉保が首をかしげた。

「そこなのだ」

「それを含めて有栖川宮さまと会いたいのでございまする。なにせ、今の京都所司代は稲葉丹波守正往どの。老中稲葉美濃守さまの御嫡男。そして宮将軍擁立のときの京都所司代は戸田越前守忠昌さま。ご老中さま」

柳沢吉保が述べた。

「戸田越前守さまは、稲葉石見守刃傷のおり、斬りつけた一人でござった」

松平対馬守が加えた。

「重なりすぎておるの」

聞いた綱吉が表情を硬くした。

「あまりに宮将軍は唐突でございました。酒井雅楽頭さまが宮将軍を言い出された経緯などもかかわってくるのではないかと」

「迂遠《うえん》な手だがしかたないか。現状江戸ではなにもできぬ。京への往復の日数を費やすのは、敵に利を与えるがやむを得ぬ」

小姓が京へ行く理由がなかった。将軍の命で京へ行くとなれば、かなり高位となる。奏者番か若年寄、下手すれば老中を出さなければならない。なにせ、相手は朝廷である。政の実権は幕府が担っているとはいえ、朝廷からの付託という形を取っている。将軍は朝廷の家臣なのだ。

「吉保、そなた病になれ。そして転地療養をするがよい。京へは、躬の密使として行け。親書を持たせてやる。まず武家伝奏に会うがいい」

「かたじけのうございまする」

柳沢吉保が平伏した。

「矢切に診断をさせるとよい。あやつならば融通は利かせられる。表御番医師の診立てならば、誰も疑うまい」

松平対馬守が奨めた。

五

表御番医師はお目見えできるとはいえ、実際御座の間へ近づくことなどはない。将軍の体調を診るのは奥医師の任であり、表御番医師はかかわることさえ許されなかった。

「上様がお呼びでございまする」

「えっ」

医師溜にいた良衛は、お城坊主の言葉に耳を疑った。

「た、ただちに」

あわてて良衛は立ちあがった。

お目見えできるとはいえ、下から数えたほうが早い表御番医師である。お目見えといっても、はるか遠くから平伏したままで終わる。声をかけられたことはもちろん、まともに顔を見てさえいないのだ。

もちろん呼び出されたとはいえ、状況にさして差はない。良衛は御座の間下段襖《ふすま》際で平伏した。

「そなたに柳沢吉保の診療を命じる。委細は吉保から聞け」

「ははっ」

将軍の命は絶対である。理由を問うのも許されない。良衛は額を畳にこすりつけた。

「こちらへ、お医師どの」

目通りを終えた良衛に柳沢吉保が話しかけた。

「初めてお目にかかる。小姓組柳沢吉保でござる」

「表御番医師矢切良衛にございまする」

互いに名乗り合った二人は、御座の間から離れた廊下の片隅で立ち話をした。

「どこかお悪いのでございましょうか」

良衛は首をかしげた。

「なぜとお思いであろうが、わたくしは松平対馬守どのと同心でござる」

「……では」

その一言で良衛はすべてをさとった。

「できれば、このような目立つまねはご遠慮願いたい」

そうでなくとも先日長崎遊学の話があったばかりであった。それが正式に消える前に、将軍からの呼びだしである。良衛の思惑を無視して、目立つことばかりであった。

「明日《あした》より京に参らねばなりませぬ。小姓として病気休養を取るための手続きと、貴

殿ご存じよりの名古屋玄医どのへの紹介状をお願いしたい。転地療養の理由が要ります
る」

良衛の文句を無視して、柳沢吉保が頼んだ。

「それはよろしゅうございまするが、今ごろなぜ京へ」

「貴殿もご存じのことで宮さまに……」

柳沢吉保が誠意をもって語った。

「こちらに宮将軍擁立の経緯の記録はございませぬので。我ら医師は、どのようなときでも患家にかかわることを残しまする。診療禄《ろく》と申しまして、医科の財産……」

「ごめん」

不意に柳沢吉保が、御座の間へと走った。

「な、なんなんだ」

一人廊下に取り残された良衛は呆然《ぼうぜん》とした。

「上様……」

「控えよ、柳沢。御前であるぞ」

小姓組頭が慌てている柳沢吉保をたしなめた。

「どうした」

「ご無礼を」

さすがに走りはしなかったが、柳沢吉保は上段の間へと踏みこんだ。

「こら」

「よい、躬《み》が許す」

叱る小姓組頭を綱吉が制した。

「今……」

柳沢吉保が綱吉の耳元でささやいた。

「記録か。どこにある」

「右筆部屋かと」

「松平対馬守を呼べ」

大声で綱吉が命じた。

将軍が大声を出す。これは家臣を叱るときである。小姓たちは馴《な》れ馴れしかった松平対馬守へ、ついに綱吉が怒ったと考え、萎縮《いしゅく》していた。

「来たか。吉保を除いて遠慮せい」

「はっ」

他人《ひと》払いを小姓組頭は文句一つ言わず受けた。叱責は他人に見せないとの温情だと考えたのだ。

「なにか」

急いで松平対馬守が御座の間へ伺候した。

「話せ、吉保」

綱吉が説明を命じた。

「ううむ。たしかに右筆部屋にはすべての書付が保存されておりまするが……」

松平対馬守が難しい顔をした。

「右筆は老中の指示で動きまする。いわば、家臣のようなもの。はたして、我らの言うことを聞きますか」

「将軍の命ぞ」

「書付が見当たらぬ、あるいはないと言われれば、探しようもございませぬ。幕府の書付は膨大。そのすべてを調べるなど無理でございまする。手間を掛けている間に、破棄あるいは隠されてしまいかねませぬ」

力なく松平対馬守が首を振った。

「それでも幕臣か。誰が主か教えてくれる」

憤慨した綱吉が立ちあがった。

「上様、お平らに」

柳沢吉保が、綱吉の袴《はかま》の裾《すそ》を握った。

「離せ、僭越《せんえつ》ぞ」

「今、上様が御座の間から動かれまするると、執政どもに警戒されまする」

咎《とが》められても柳沢吉保は手を離さなかった。

「…………」

一瞬するどく柳沢吉保を睨《にら》んだ綱吉だったが、息を吐いて腰をおろした。

「どうするのだ」

「新しい役目をお作りくださいませ。右筆の上を。そして、それを上様直属となされませ。そしてその新織に政にかかわる書付すべてをお任せになられれば」

「ふむ。右筆から権を奪うか」

「はい。となれば右筆の余得は消えまする」

柳沢吉保が述べた。

右筆は幕府の書付すべてを扱う。なかには役人の異動から家督相続まで入る。ために便宜を願う者は多く、右筆は禄以上の贈りものをもらっていた。それを取りあげてしまえと柳沢吉保は言った。

「これを餌に、右筆の何人かを崩しまする」

「新役目への横滑りを保証してやるか」

「はい」

綱吉の確認に柳沢吉保が首肯した。

「役人は損得で動きまする。きっと落ちる者が出ましょう」

「よかろう。任せる」

柳沢吉保の提案を綱吉が認めた。


結果は三日で出た。

「これだけか」

綱吉のもとに一枚の書付が届けられた。新織への横滑りを条件に、一人の右筆《ゆうひつ》が柳沢吉保に膝《ひざ》を屈した結果であった。

「申しわけございませぬが、それ以上は同僚の監視がきつく、持ち出せなかったそうでございまする」

柳沢吉保が詫《わ》びた。

「呼んでやれ」

綱吉が言った。

「表御番医師はいかがいたしましょう」

「あやつはよい。政にかかわる身分ではない。松平対馬守だけでよかろう」

問うた柳沢吉保へ、綱吉が冷徹に答えた。

「あと、大久保加賀守も同席させよ」

「よろしゅうございますので」

柳沢吉保が驚いた。

「筑前守の刃傷《にんじょう》は、すべての執政が組んでやったことだ。宮将軍擁立もな。だが、執政すべてを罷免しては幕政が滞る。まだ、躬は幕府を把握しきっておらぬ。分家から入ったとして、侮られているからの。それを押さえつけ、吾《わ》が手に政を握るまで、我慢せねばならぬ。辛抱できずに酒井雅楽頭を追い詰めたのが、今回の刃傷を引き起こした。腹立たしいが、今は耐える。躬が我慢せねばならぬことを堀田筑前守は身をもって教えてくれた」

両手を白くなるほど握りしめながら、綱吉が述べた。

「……上様」

深く柳沢吉保が平伏した。

「庭へ出る。先日の野点《のだて》の場所で待つ」

綱吉が泉水側の東屋を指定した。

「手に入れられましたか」

最初に松平対馬守が来た。

「うむ」

小さく綱吉はうなずき、それ以上言わなかった。

「…………」

「お呼びと伺いまして」

小半刻《とき》（約三十分）ほどして大久保加賀守が顔を出した。

「…………」

綱吉は無言を続けた。

「上様」

大久保加賀守が綱吉の顔色を窺《うかが》った。

「これを見ろ」

手にしていた書付を綱吉が大久保加賀守の前へと投げた。

「書付でございまするか。拝見……」

拾いあげた大久保加賀守の顔色がなくなった。

「酒井雅楽頭から武家伝奏へ出したものだ。日時は家綱さまが亡くなられる前の延宝八年三月。叙任の時期と重なる」

叙任とは幕臣で役職に就いたことで諸大夫となった者たちが、何々守とか左衛門尉とかの官位を朝廷へ申請することである。毎年、春と秋の二度あった。

「叙任の書付に紛れて送ったか」

「…………」

大久保加賀守が震えた。

「酒井家の名字を徳川に変えてくれとの願いだの。神君家康公の故事に倣ったようだが……」

「こ、このようなものがございましたとは存じ……」

「黙れ。躬がこれを持っているだけで、すべてを知っているとわからぬか」

「ひっ」

怒鳴りつけられた大久保加賀守が小さな悲鳴をあげた。

「堀田筑前守を討たなければならぬと言い出したのは、稲葉美濃守だな。伊達騒動を再審理されては困ると考えてのことであろう」

「……そこまで」

大久保加賀守の肩が落ちた。

「あの日のことを申せ」

綱吉が命じた。

「式日登城を選びましたのは、奈須玄竹の登城を」

「だけではなかろう。稲葉美濃守もであろうが。隠すとためにならぬぞ」

ごまかそうとした大久保加賀守を綱吉が叱りつけた。

「畏《おそ》れ入りまする。仰せのとおりでございました」

大久保加賀守が頭を垂れた。

稲葉美濃守は前年、隠居して老中を退いていた。ただ、家綱から大政参与という大老にひとしい格を与えられていたため、隠居後も式日には登城し、御用部屋で老中たちの諮問を受けていた。

「稲葉石見守は、死ぬはずではなかったのだな」

綱吉が追及した。

「はい。稲葉の一門のなかで、堀田筑前守を呼び出すのにもっともふさわしいのは石見守でございました。美濃守は同じく御用部屋におりましたが、老齢でうまく堀田筑前守を討ち果たせぬかも知れませぬし、正往は京、他の一族たちは大老を呼び出すにふさわしい格ではございませぬ。そこで石見守が堀田の討ち手として選ばれました。もちろん、本人はそのあと懐刀を捨て、上様には害意のないことを示し、捕らえられる手はずになっておりました」

「喧嘩両成敗《けんかりょうせいばい》であろうが。捕らえても無事ではすむまい。それくらいのことわからぬのか」

厳しく綱吉が断罪した。

「そのために前夜石見守は、堀田筑前守を訪ね、口論いたしたのでございまする。昨夜の様子から堀田筑前守の異常を感じ取り、上様へ万一がないよう式日拝謁の前に確認しようと呼び出したところ、筑前守が激発いきなり襲いかかってきたので、やむをえず討ち果たした。こう取り調べで述べる予定でございました」

大久保加賀守が告げた。

「堀田筑前守を乱心に見せかけるつもりだったのか」

「はい」

「そのようなもの、躬《み》が許すはずなかろう」

綱吉があきれた。

「ゆえに、その場で石見守は討ちとられたのでございまする。稲葉美濃守どのは、それを確認するために……」

小さな声で大久保加賀守が応えた。

「口封じか。一族でも遠慮なしか。いや、そうでなければ政などできぬ」

苦い声で綱吉が言った。

「しかし、堀田のお陰で出世した一族もいる。その恩はなかったのか」

「不満だけだったそうでございまする。そもそも小早川家に仕えていた堀田家が幕臣となれたのは稲葉家のお陰。稲葉正成の娘を堀田正吉《まさよし》が娶《めと》ったおかげ。稲葉正成の妻春日局の血を引いた娘ではなく義理だったとはいえ、春日局の恩恵を受けることができた」

堀田正吉と稲葉正成の娘の間に生まれた正盛は、春日局の推挙で家光の小姓となり、その男色相手に選ばれたことで、異例の出世を遂げた。

「稲葉美濃守どのは、春日局さまの息子でありまする。本来ならば、その恩恵をもっとも受けるべき。しかし、春日局さまは実子ではなく、義理の娘が産んだ血の繋《つな》がらない正盛をかわいがり、その子筑前守正俊を養子としました。稲葉家にしてみれば、これが許せなかった。家光さまを将軍にと神君家康公に直訴した春日局さまが持つ権はすべて稲葉家に受け継がれるはず。それが、血の繋がっていない堀田家へ渡された。堀田家の下に立たなければならない無念さを稲葉家は抱えておりました」

大久保加賀守が説明した。

「それで家光さまの血を将軍から外す酒井雅楽頭の宮将軍擁立に乗った。堀田筑前守を養子にするように春日局へ命じたのは家光さまだからな」

「はい」

小声で大久保加賀守が肯定した。

「で、そなたが得るものはなんだ。石見守を殺したという鎖に繋がれる代償は。いかに稲葉美濃守の企みとはいえ、手を下したのはそなただ。ずっと稲葉家へ頭が上がらない状況を我慢してまで欲したのは」

綱吉が詰問した。

「小田原への復帰と十五万石でございました」

大久保加賀守が白状した。

「ほう。小田原は稲葉美濃守の城地。それを譲ると」

聞いた綱吉が鼻先で笑った。

「小田原は、我が大久保家名誉の地。奪われたままにはできませぬ」

叫ぶように大久保加賀守が言った。

「ふん。では、いずれ躬がかなえてやる。その代わり、躬の指示に従え」

「えっ」

「小田原へ帰してやる。ただし、加増はやらぬ」

驚く大久保加賀守へ、綱吉が告げた。

「美濃守どのは……」

大久保加賀守が問うた。

「ゆっくりと沈めてくれる。ゆっくりとな。父に等しい筑前を躬より奪った報いは軽くないわ」

冷たく綱吉が告げた。

「わかったな。さがれ。かまえて、今日のこと誰にも漏らすな」

「ははっ」

平伏した大久保加賀守が、逃げるようにして去っていった。

「上様、よろしいのでございますか」

松平対馬守が問うた。

「他に手があるか。御用部屋を見ろ。いまだ酒井雅楽頭のころの連中が牛耳っている。戸田越前守忠昌は、宮将軍擁立のときの京都所司代だ。酒井雅楽頭へ協力していたことはまちがいない。阿倍豊後守正武《まさたけ》も酒井雅楽頭の引きで老中になった。躬の敵で御用部屋は占められている。これを一気に潰《つぶ》すことはできぬ。幕政が滞る。政の失点は、将軍たる躬の責となるのだ。今は、楔《くさび》を打ちこむだけでいい。一枚岩でも穴が開けば脆《もろ》くなる。その穴が大久保加賀守よ」

怒りに燃えた目をしながら、綱吉は冷静に語った。

「畏れ入りまする」

「お心のままに」

松平対馬守と柳沢吉保は、綱吉の覚悟の前に頭を下げた。

「堀田筑前守の刃傷は、稲葉石見守の乱心で終わらせる。公式にはな。これでよいな、筑前」

綱吉が涙した。

「上様、表御番医師はいかが致しましょう。長崎へやって口を封じまするか」

冷たい顔で松平対馬守が訊《き》いた。

「いいや。医者は口が堅い。放置しておいてもよかろう。なにより、今回の刃傷もあの医者が動けばこそ、端緒を得たのだ。人の死にかかわる医者というのは、思ったよりも使える。対馬守。そなたに預けおく。うまく扱え」

綱吉が松平対馬守へ告げた。

「承知いたしましてございまする」

松平対馬守がうなずいた。


貞享二年(一六八五)九月、京都所司代稲葉丹波守正往は理由もなく職を免じられ、小田原から越後高田への転封を命じられた。そのあと小田原には大久保加賀守が封じられる。

良衛は変わることなく表御番医師として城中に詰めていた。

本書は書き下ろしです。

表《おもて》御《ご》番《ばん》医《い》師《し》診療録《しんりょうろく》2

縫《ほう》合《ごう》

上《うえ》田《だ》秀《ひで》人《と》

平成25年 8月25日 初版発行
令和7年 4月15日 13版発行

発行者●山下直久

発行●株式会社KADOKAWA
〒102-8177 東京都千代田区富士見2-13-3
電話 0570-002-301(ナビダイヤル)

角川文庫 18091

印刷所●株式会社KADOKAWA
製本所●株式会社KADOKAWA

表紙画●和田三造

●お問い合わせ
https://www.kadokawa.co.jp/ (「お問い合わせ」へお進みください)
※内容によっては、お答えできない場合があります。
※サポートは日本国内のみとさせていただきます。
※Japanese text only

ISBN978-4-04-100989-5 C0193

◆◇◇

角川文庫発刊に際して

角川源義

第二次世界大戦の敗北は、軍事力の敗北であった以上に、私たちの若い文化力の敗退であった。私たちの文化が戦争に対して如何に無力であり、単なるあだ花に過ぎなかったかを、私たちは身を以て体験し痛感した。西洋近代文化の摂取にとって、明治以後八十年の歳月は決して短かすぎたとは言えない。にもかかわらず、近代文化の伝統を確立し、自由な批判と柔軟な良識に富む文化層として自らを形成することに私たちは失敗して来た。そしてこれは、各層への文化の普及滲透を任務とする出版人の責任でもあった。

一九四五年以来、私たちは再び振出しに戻り、第一歩から踏み出すことを余儀なくされた。これは大きな不幸ではあるが、反面、これまでの混沌・未熟・歪曲の中にあった我が国の文化に秩序と確たる基礎を齎らすためには絶好の機会でもある。角川書店は、このような祖国の文化的危機にあたり、微力をも顧みず再建の礎石たるべき抱負と決意とをもって出発したが、ここに創立以来の念願を果すべく角川文庫を発刊する。これまで刊行されたあらゆる全集叢書文庫類の長所と短所とを検討し、古今東西の不朽の典籍を、良心的編集のもとに、廉価に、そして書架にふさわしい美本として、多くのひとびとに提供しようとする。しかし私たちは徒らに百科全書的な知識のジレッタントを作ることを目的とせず、あくまで祖国の文化に秩序と再建への道を示し、この文庫を角川書店の栄ある事業として、今後永久に継続発展せしめ、学芸と教養との殿堂として大成せんことを期したい。多くの読書子の愛情ある忠言と支持とによって、この希望と抱負とを完遂せしめられんことを願う。

一九四九年五月三日

角川文庫ベストセラー

切開
表御番医師診療録1
上田秀人

表御番医師として江戸城下で診療を務める矢切良衛。ある日、大老堀田筑前守正俊が若年寄に殺傷される事件が起こり、不審を抱いた良衛は、大目付の松平対馬守と共に解決に乗り出すが……。

縫合
表御番医師診療録2
上田秀人

表御番医師の矢切良衛は、大老堀田筑前守正俊が斬殺された事件に不審を抱き、真相解明に乗り出すも何者かに襲われてしまう。やがて事件の裏に隠された陰謀が明らかになり……。時代小説シリーズ第二弾！

解毒
表御番医師診療録3
上田秀人

五代将軍綱吉の膳に毒を盛られるも、未遂に終わる。表御番医師の矢切良衛は事件解決に乗り出すが、それを阻むべく良衛は何者かに襲われてしまう……。書き下ろし時代小説シリーズ、第三弾！

悪血
表御番医師診療録4
上田秀人

御広敷に務める伊賀者が大奥で何者かに襲われた。表御番医師の矢切良衛は将軍綱吉から命じられ江戸城中から御広敷に異動し、真相解明のため大奥に乗り込んでいく……書き下ろし時代小説シリーズ、第4弾！

摘出
表御番医師診療録5
上田秀人

将軍綱吉の命により、表御番医師から御広敷番医師に職務を移した矢切良衛は、御広敷伊賀者を襲った者を探るため、大奥での診療を装い、将軍の側室である伝の方へ接触するが……書き下ろし時代小説第5弾。

角川文庫ベストセラー

往診 表御番医師診療禄6
上田秀人

大奥での騒動を収束させた矢切良衛は、御広敷番医師から、寄合医師へと出世した。将軍綱吉から褒美として医術遊学を許された良衛は、一路長崎へと向かう。だが、良衛に次々と刺客が襲いかかる——。

研鑽 表御番医師診療禄7
上田秀人

医術遊学の目的地、長崎へたどり着いた寄合医師の矢切良衛。最新の医術に胸を膨らませる良衛だったが、出島で待ち受けていたものとは？　良衛をつけ狙う怪しい人影。そして江戸からも新たな刺客が……。

乱用 表御番医師診療禄8
上田秀人

長崎へ最新医術の修得にやってきた寄合医師の矢切良衛の許に、遊女屋の女将が駆け込んできた。浪人たちが良衛の命を狙っているという。一方、お伝の方は、近年の不妊の疑念を将軍綱吉に告げるが……。

秘薬 表御番医師診療禄9
上田秀人

長崎での医術遊学から戻った寄合医師の矢切良衛は、江戸での診療を再開した。だが、南蛮の最新産科術を期待されている良衛は、将軍から大奥の担当医を命じられるのだった。南蛮の秘術を巡り良衛に危機が迫る。

宿痾 表御番医師診療禄10
上田秀人

御広敷番医師の矢切良衛は、将軍の寵姫であるお伝の方を懐妊に導くべく、大奥に通う日々を送っていた。だが、良衛が会得したとされる南蛮の秘術を奪おうと、彼の大切な人へ魔手が忍び寄るのだった。

角川文庫ベストセラー

埋伏
表御番医師診療録11
上田秀人

御広敷番医師の矢切良衛は、大奥の御膳所の仲居の腹痛に不審なものを感じる。上様の料理に携わる者の不調は、大事になりかねないからだ。将軍の食事を調べるべく、奔走する良衛は、驚愕の事実を摑むが……。

根源
表御番医師診療録12
上田秀人

御広敷番医師の矢切良衛は、将軍綱吉の命を永年狙ってきた敵の正体に辿りついた。だが、周到に計画され、怨念ともいう意志を数代にわたり引き継いできた敵。真相にせまった良衛に、敵の魔手が迫る！

不治
表御番医師診療録13
上田秀人

将軍綱吉の血を絶やさんとする恐るべき敵にたどり着いた、御広敷番医師の矢切良衛。だが敵も、良衛を消そうと、最後の戦いを挑んできた。ついに明らかになる恐るべき陰謀の根源。最後に勝つのは誰なのか。

跡継
高家表裏譚1
上田秀人

幕府と朝廷の礼法を司る「高家」に生まれた吉良三郎義央（後の上野介）は、13歳になり、吉良家の跡継ぎとして将軍にお目通りを願い出た。三郎は無事跡継ぎとして認められたが、大名たちに不穏な動きが――。

密使
高家表裏譚2
上田秀人

幕府と朝廷の礼法を司る「高家」に生まれた吉良三郎義央は、名門吉良家の跡取りとして、見習いの役目を果たすべく父に付いて登城するようになった。だが、そんな吉良家に突如朝廷側からの訪問者が現れる。

角川文庫ベストセラー

高家表裏譚3
結盟
上田秀人

幕府と朝廷の礼法を司る「高家」に生まれた吉良三郎義央は、名門吉良家の跡取りながら、まだ見習いの身分。だが、お忍びで江戸に来た近衛基熙の命を救ったことにより、朝廷から思わぬお礼を受けるが——。

武士の職分
江戸役人物語
上田秀人

表御番医師、奥右筆、目付、小納戸など大人気シリーズの役人たちが躍動する渾身の文庫書き下ろし。「出世の重み、宮仕えの辛さ。役人たちの日々を題材とした、新しい小説に挑みました」——上田秀人

人斬り半次郎（幕末編）
池波正太郎

姓は中村、鹿児島城下の藩士に〈唐芋〉とさげすまれる貧乏郷士の出ながら剣は示現流の名手、精気溢れる美丈夫で、性剛直。西郷隆盛に見込まれ、国事に奔走するが……。

人斬り半次郎（賊将編）
池波正太郎

中村半次郎、改名して桐野利秋。日本初代の陸軍大将として得意の日々を送るが、征韓論をめぐって新政府は二つに分かれ、西郷は鹿児島に下った。その後を追う桐野。刻々と迫る西南戦争の危機……。

にっぽん怪盗伝 新装版
池波正太郎

火付盗賊改方の頭に就任した長谷川平蔵は、迷うことなく捕らえた強盗団に断罪を下した！ その深い理由とは？ 「鬼平」外伝ともいうべきロングセラー捕物帳全12編が、文字が大きく読みやすい新装改版で登場。

角川文庫ベストセラー

近藤勇白書　池波正太郎
池田屋事件をはじめ、油小路の死闘、鳥羽伏見の戦いなど、「誠」の旗の下に結集した幕末新選組の活躍の跡を克明にたどりながら、局長近藤勇の熱血と豊かな人間味を描く痛快小説。

戦国幻想曲　池波正太郎
〝汝は天下にきこえた大名に仕えよ〟との父の遺言を胸に、渡辺勘兵衛は槍術の腕を磨いた。戦国の世に「槍の勘兵衛」として知られながら、変転の生涯を送った一武将の夢と挫折を描く。

夜の戦士 (上)(下)　池波正太郎
塚原卜伝の指南を受けた青年忍者丸子笹之助は、武田信玄に仕官した。信玄暗殺の密命を受けていた。だが信玄の器量と人格に心服した笹之助は、信玄のために身命を賭そうと心に誓う。

仇討ち　池波正太郎
夏目半介は四十八歳になっていた。父の仇笠原孫七郎を追って三十年。今は娼家のお君に溺れる日々……仇討ちの非人間性とそれに翻弄される人間の運命を鮮やかに浮き彫りにする。

江戸の暗黒街　池波正太郎
小平次は恐ろしい力で首をしめあげ、すばやく短刀で心の臓を一突きに刺し通した。男は江戸の暗黒街でならす闇の殺し屋だったが……江戸の闇に生きる男女の哀しい運命のあやを描いた傑作集。

角川文庫ベストセラー

西郷隆盛　池波正太郎

近代日本の夜明けを告げる激動の時代、明治維新に偉大な役割を果たした西郷隆盛。その半世紀の足取りを克明に追った伝記小説であるとともに、西郷を通して描かれた幕末維新史としても読みごたえ十分の力作。

炎の武士　池波正太郎

戦国の世、各地に群雄が割拠し天下をとろうと争っていた。三河の国長篠城は武田勝頼の軍勢一万七千に包囲され、ありの這い出るすきもなかった……悲劇の武士の劇的な生きざまを描く。

卜伝最後の旅　池波正太郎

諸国の剣客との数々の真剣試合に勝利をおさめた剣豪塚原卜伝。武田信玄の招きを受けて甲斐の国を訪れたのは七十一歳の老境に達した春だった。多種多彩な人間を取りあげた時代小説。

戦国と幕末　池波正太郎

戦国時代の最後を飾る数々の英雄、忠臣蔵で末代まで名を残した赤穂義士、男伊達を誇る幡随院長兵衛、そして幕末のアンチ・ヒーロー土方歳三、永倉新八など、ユニークな史観で転換期の男たちの生き方を描く。

賊将　池波正太郎

西南戦争に散った快男児〈人斬り半次郎〉こと桐野利秋を描く表題作ほか、応仁の乱に何ら力を発揮できない足利義政の苦悩を描く「応仁の乱」など、直木賞受賞直前の力作を収録した珠玉短編集。

角川文庫ベストセラー

闇の狩人 (上)(下)　池波正太郎

盗賊の小頭・弥平次は、記憶喪失の浪人・谷川弥太郎を刺客から救う。時は過ぎ、江戸で弥太郎と再会した弥平次は、彼の身を案じ、失った過去を探ろうとする。しかし、二人にはさらなる刺客の魔の手が……。

忍者丹波大介　池波正太郎

関ヶ原の合戦で徳川方が勝利をおさめると、激変する時代の波のなかで、信義をモットーにしていた甲賀忍者のありかたも変質していく。丹波大介は甲賀を捨て一匹狼となり、黒い刃と闘うが……。

俠客 (上)(下)　池波正太郎

江戸の人望を一身に集める長兵衛は、「町奴」として、つねに「旗本奴」との熾烈な争いの矢面に立っていた。そして、親友の旗本・水野十郎左衛門とも互いは心で通じながらも、対決を迫られることに——。

西郷隆盛 新装版　池波正太郎

薩摩の下級藩士の家に生まれ、幾多の苦難に見舞われながら幕末・維新を駆け抜けた西郷隆盛。歴史時代小説の名匠が、西郷の足どりを克明にたどり、維新史までを描破した力作。

流想十郎蝴蝶剣　鳥羽亮

花見の帰り、品川宿近くで武士団に襲われた姫君一行を救った流想十郎。行きがかりから護衛を引き受け、小藩の抗争に巻き込まれる。出生の秘密を背負い無敵の剣を振るう、流想十郎シリーズ第1弾、書き下ろし！

角川文庫ベストセラー

蝶と稲妻
流想十郎蝴蝶剣
鳥羽 亮

剣の腕を見込まれ、料理屋の用心棒として住み込む剣士・流想十郎には出生の秘密がある。それが、他人との関わりを嫌う理由でもあったが、父・水野忠邦が会いたがっていると聞かされる。想十郎最後の事件。

雲竜
火盗改鬼与力
鳥羽 亮

町奉行とは別に置かれた「火付盗賊改方」略称「火盗改」は、その強大な権限と広域の取締りで凶悪犯たちを追い詰めた。与力・雲井竜之介が、5人の密偵を潜らせ事件を追う。書き下ろしシリーズ第1弾！

闇の梟
火盗改鬼与力
鳥羽 亮

吉原近くで斬られた男は、火盗改同心・風間の密偵だった。密偵は、死者を出さない手口の「梟党」と呼ばれる盗賊を探っていたが、太刀筋は武士のものと思われた。与力・雲井竜之介が謎に挑む。シリーズ第2弾。

入相の鐘
火盗改鬼与力
鳥羽 亮

日本橋小網町の米問屋・奈良屋が襲われ主人と番頭が殺された。大黒柱を失った弱みにつけ込み同業者が難題を持ち込む。しかし雲井はその裏に、十数年前江戸市中を震撼させ姿を消した凶賊の気配を感じ取った！

百眼の賊
火盗改鬼与力
鳥羽 亮

火事を知らせる半鐘が鳴る中、「百眼」の仮面をつけた盗賊が両替商を襲った。手練れを擁する盗賊団「百眼一味」は公然と町奉行所にも牙を剝く。ひるむ八丁堀をよそに、竜之介ら火盗改だけが賊に立ち向かう！

角川文庫ベストセラー

虎乱
火盗改鬼与力
鳥羽亮

火盗改同心の密偵が、浅草近くで斬殺死体で見つかった。密偵は寺で開かれている賭場を探っていた。寺での事件なら町奉行所は手を出せない。残された子どもたちのため、「虎乱」を名乗る手練れに雲井が挑む！

夜隠れおせん
火盗改鬼与力
鳥羽亮

待ち伏せを食らい壊滅した「夜隠れ党」頭目の娘おせん。父の仇を討つため裏切り者源三郎を狙う。一方、火盗改の竜之介も源三郎を追うが、手練二人の挟み撃ちに…大人気書き下ろし時代小説シリーズ第6弾！

極楽宿の刹鬼
火盗改鬼与力
鳥羽亮

火盗改の竜之介が踏み込んだ賭場には三人の斬殺屍体が。事件の裏には「極楽宿」と呼ばれる料理屋の存在があった。極楽宿に棲む最強の鬼、玄蔵。遣うは面斬りの太刀！　竜之介の剣がうなりをあげる！

火盗改父子雲
鳥羽亮

日本橋の薬種屋に賊が押し入り、大金が奪われた。逢魔が時に襲う手口から、逢魔党と呼ばれる賊の仕業と思われた。火付盗賊改方の与力・雲井竜之介と引退した父・孫兵衛は、逢魔党を追い、探索を開始する。

二剣の絆
火盗改父子雲
鳥羽亮

神田佐久間町の笠屋・美濃屋に男たちが押し入り、あるじの豊造が斬殺された上、娘のお秋が攫われた。火盗改の雲井竜之介の父・孫兵衛は、息子竜之介とともに下手人を追い始めるが……書き下ろし時代長篇。

角川文庫ベストセラー

七人の手練
たそがれ横丁騒動記㈠
鳥羽　亮

年配者が多く〈たそがれ横丁〉とも呼ばれる浅草田原町の紅屋横丁では、難事があると福山泉八郎ら七人が協力して解決し平和を守っている。ある日、横丁の店主に次々と強引な買収話を持ちかける輩が現れて……。

天狗騒動
たそがれ横丁騒動記㈡
鳥羽　亮

浅草で女児が天狗に拐かされる事件が相次ぎたそがれ横丁の下駄屋の娘も攫われた。福山泉八郎ら横丁の面々は天狗に扮した人攫い一味の仕業とみて探索を開始。一味の軽業師を捕らえ組織の全容を暴こうとする。

守勢の太刀
たそがれ横丁騒動記㈢
鳥羽　亮

浅草田原町〈たそがれ横丁〉の長屋に独居し、武士に生まれながら物を売って暮らす阿久津弥十郎。ある日三人の武士に襲われた女人を助けるが、それをきっかけに横丁の面々と共に思わぬ陰謀に巻き込まれ……？

いのち売り候
銭神剣法無頼流
鳥羽　亮

銭神刀三郎は剣術道場の若師匠。専ら刀で斬り合う命懸けの仕事「命屋」で糊口を凌いでいる。旗本の家士と相対死した娘の死に疑問を抱いた父親からの依頼を受け、刀三郎は娘の奉公先の旗本・佐々木家を探り始める。

我が剣は変幻に候
銭神剣法無頼流
鳥羽　亮

日本橋の両替商に押し入った賊は、全身黒ずくめで奇妙な頭巾を被っていた。みみずく党と呼ばれる賊は、町方をも襲う凶暴な連中。依頼のために命を売る剣客の銭神刀三郎は、変幻自在の剣で悪に立ち向かう。

角川文庫ベストセラー

新火盗改鬼与力
風魔の賊
鳥羽　亮

日本橋の両替商に賊が入り、二人が殺されたうえ、千両余が盗まれた。火付盗賊改方の与力・雲井竜之介は、卑劣な賊を追い、探索を開始するが―。最強の火盗改鬼与力、ここに復活！

新火盗改鬼与力
隠し剣
鳥羽　亮

日本橋の薬種屋に賊が押し入り、手代が殺されたうえ、大金が奪われた。賊の手口は、「闇風の芝蔵」一味と酷似していた。火付盗賊改方の与力・雲井竜之介は、必殺剣の遣い手との対決を決意するが――。

新火盗改鬼与力
御用聞き殺し
鳥羽　亮

浅草の大川端で、岡っ引きの安造が斬殺された。彼は浅草を縄張りにする「鬼の甚蔵」を探っていたのだ。火付盗賊改方の与力・雲井竜之介は、手下たちとともに聞き込みを始めるが――。書き下ろし時代長篇。

新火盗改鬼与力
最後の秘剣
鳥羽　亮

日本橋本石町の呉服屋・松浦屋に7人の賊が押し入った。番頭が殺された上、1500両余りが奪われたというのだ。火盗改の雲井竜之介は、賊の一味に、数人の手練れの武士がいることに警戒するのだが――。

剣鬼斬り
新・流想十郎蝴蝶剣
鳥羽　亮

偶然通りかかった流想十郎は料理屋・松崎屋の窮地を救うと、店に住み込みで用心棒を頼まれることになった。だが、店に寄りつくならず者たちは、さらに仲間を増やし、徒党を組んで襲いかかる――。